骚·导读

诵读经典

诠·吟诵·朗诵·乐读

陈琴 著

LISAO · DAODU
SUDU JINGDIAN

济南出版社

图书在版编目（CIP）数据

素读经典：离骚导读 / 陈琴著. --济南：济南出版社，2024.1（2024.3重印）

ISBN 978-7-5488-5896-6

Ⅰ.①素… Ⅱ.①陈… Ⅲ.①《离骚》—通俗读物 Ⅳ.①I222.3-49

中国国家版本馆CIP数据核字（2023）第182236号

素读经典：离骚导读　SUDU JINGDIAN LISAO DAODU
陈琴　著

出 版 人	谢金岭
策　　划	孙昌海
责任编辑	朱　琦　代莹莹
责任校对	于　畅
装帧设计	胡大伟

出版发行	济南出版社
地　　址	济南市市中区二环南路1号（250002）
总 编 室	（0531）86131715
印　　刷	山东联志智能印刷有限公司
版　　次	2024年1月第1版
印　　次	2024年3月第2次印刷
成品尺寸	170mm×240mm　16开
印　　张	11.5
字　　数	129千
定　　价	59.00元

（如有印装质量问题，请与出版社出版部联系调换，联系电话：0531-86131716）

前言

屈平辞赋悬日月

屈原（约前340年—前278年），芈姓，屈氏，名平，字原，出生于贵族世家，是楚武王熊通之子屈瑕的后代，也是楚怀王时代（战国时期）楚国著名的政治家、思想家和诗人。

司马迁在《史记·屈原贾生列传》说屈原："博闻强志，明于治乱，娴于辞令。入则与王图议国事，以出号令；出则接遇宾客，应对诸侯。王甚任之。"才华横溢的屈原不仅政治才能卓绝，文学才情也是举世无双的。他的作品流芳万代，他被后世誉为"中华诗祖"[①]"辞赋之祖"，是中国历史上第一位伟大的爱国诗人，也是中国浪漫主义文学的奠基人。1953年，世界和平理事会将中国伟大诗人屈原、波兰天文学家尼古拉·哥白尼、法国文学家弗朗索瓦·拉伯雷、古巴作家及民族运动领袖何塞·马蒂作为世界四大文化名人，号召全世界人民开展纪念活动。可见，屈原，也是世界人民敬仰的伟人。

[①] "中华诗祖"，一般指中国古诗的创始人尹吉甫、屈原和荀况。尹吉甫是中国古代最早的诗人，是中国第一部诗歌总集《诗经》的采风者、编纂者，荀况则与屈原并称为"辞赋之祖"。

春秋战国时代，我国的南方出现了一种新的不同于《诗经》以四言诗为主的诗体。如同李白在《古风》中说："正声何微茫，哀怨起骚人。""正声"是指周朝乐府采诗官收集编录的诗歌，流传后世的以孔子修编的《诗经》为证，收录诗歌的时间从西周初至春秋中叶；春秋战国时期，随着周王朝的消亡，乐府机构的消失，采诗官的工作停止了，而以楚地文化为背景的诗坛诞生了我国诗史上第一位伟大的个体诗人——屈原，并创作出皇皇巨著影响后世千秋万代。这种新的诗体无论是声韵、歌调、句式、思想及精神风貌，都带有鲜明的楚地民歌特点，于是被称之为"楚辞"。

司马迁最早把"楚辞"之称记录在《史记·酷吏列传》中："始长史朱买臣，会稽人也。读《春秋》。庄助使人言买臣，买臣以楚辞与助俱幸，侍中，为太中大夫，用事。"一个会读楚辞的人竟然被骤然高看，可见，楚国的民歌当时也是很受欢迎的。根据文史辑录的信息，楚辞应该在春秋后期就广为流传，比如《孟子》中的《孺子歌》："沧浪之水清兮，可以濯我缨！沧浪之水浊兮，可以濯我足！"比如春秋后期中国已知最早的翻译诗《越人歌》，就是楚辞体："今夕何夕兮，搴舟中流；今日何日兮，得与王子同舟。蒙羞被好兮，不訾诟耻。心几烦而不绝兮，得知王子。山有木兮木有枝，心悦君兮君不知。"只是从文献看，最初的"楚辞体"大概都是散片，没有像被孔子整理过的《诗经》一样辑为专集。西汉末年刘向编校经书，把屈原、宋玉、贾谊等人与刘向自己写的楚辞体诗歌辑选为一个集子，名为《楚辞》。从此，《楚辞》成了继《诗经》之后的一部诗歌专集的名称。

《离骚》是屈原的代表作品，也是《楚辞》这本诗集中最重要的一首长诗。全诗共三百七十多句，近两千五百个字[①]，是目前文献可考的中国诗歌史上第一篇带有强烈自传性质的抒情诗，也是最长的抒情诗。因为这首诗，中国古代文学史将代表《诗经》的"国风"与代表《楚辞》的《离骚》并称"风骚"，以誉称文学创作上独树一帜的成就或才华，甚至成了评判文学作品的标尺，比如鲁迅就称赞《史记》是"史家之绝唱，无韵之《离骚》"，后世还称楚辞为"骚体"，将诗家称"骚人"。

"诗言志"，而"骚抒情"。《离骚》是屈原自叙身世、品性、理想的内心独白，不仅抒发自己遭谗佞迫害乃至被楚怀王疏远的苦闷、失望与矛盾的种种情绪，真诚表达自己追求"美政"的坚贞，誓死不与邪恶势力同流合污的坚定意志，还毫不留情地斥责楚王昏庸、佞臣猖獗，抨击现实的黑暗与朝政日非。这些情感无论是对自己赤子之心的讴歌还是对朝政败落的忧伤，都洋溢着至死不渝的爱国热情。屈原一再表明自己为"美政"而敢于担当："岂余身之惮殃兮，恐皇舆之败绩。""余固知謇謇之为患兮，忍而不能舍也。""苟余情其信姱以练要兮，长顑颔亦何伤？"也一再为捍卫心中清流之志而不与恶俗同流合污："忽驰骛以追逐兮，非余心之所急。""虽不周于今之人兮，愿依彭咸之遗则。""宁溘死以流亡兮，余不忍为此态也。"《离骚》中的许多对理想矢志不渝的歌吟成了后世经典名句："长太息以掩涕兮，哀民生之多艰。""伏清白以死直兮，固前圣之所厚。""亦余心之所善兮，虽九死其犹未悔。"可以说，

[①] 本书所据版本收录共计374句，2476个字。（"曰黄昏以为期兮，羌中道而改路"两句一般认为是后人所加，因此未计入。）

古人但凡在人生失意时，都或多或少会把《离骚》当作一首疗愈诗，为自己找到一个长歌当哭的灵魂慰藉。比如《世说新语·任诞》："名士不必须奇才，但使常得无事，痛饮酒，熟读《离骚》，便可称名士。"原来在动辄因言丧命的魏晋时期，那些胸有块垒不得自由的真名士们，有这样一份慰藉心灵的处方：入口的是酒，入心的是《离骚》。可见，人们历来不仅将《离骚》定义为一部长篇政治抒情诗，也认为是一部伟大悲怆的心灵悲剧诗。

对《离骚》的评析和赞誉历来数不胜数，其中最不可忽视的应该是南梁时期刘勰在《文心雕龙·辨骚》中的论述：

> 自《风》《雅》寝声，莫或抽绪，奇文郁起，其《离骚》哉！固已轩翥诗人之后，奋飞辞家之前。岂去圣之未远，而楚人之多才乎！昔汉武爱《骚》，而淮南作传，以为："《国风》好色而不淫，《小雅》怨诽而不乱。若《离骚》者，可谓兼之。蝉蜕秽浊之中，浮游尘埃之外，皭然涅而不缁，虽与日月争光可也。"

刘勰自己就是一个旷世奇才，却对成一代诗坛宗师的屈原为文学做出的贡献毫不吝啬赞誉之情，甚至在这篇评论文中毫不掩饰自己对屈原的膜拜："不有屈原，岂见《离骚》！惊才风逸，壮采烟高。山川无极，情理实劳。金相玉式，艳溢锱毫。"事实证明，这倒不是刘勰有夸大的偏爱，自《离骚》之后，我们没有发现能与之媲美的第二首长诗，更遑论超越了。

宋代史学家宋祁更是直言："屈宋《离骚》为辞赋之祖……后人为之，如至方不能加矩，至圆不能过规矣。"就是说，《离骚》

一诞生就是高峰，前无古人，后无来者。

《离骚》中大量"香草美人"的比兴手法，诗中的花木禽鸟都各有忠奸美恶的指喻，有明确的寓意。甚至在构思上，屈原也是用神奇想象让自己游历于两个世界中：一个是以楚国为背景的现实世界，一个是由天界、神灵、往古人物以及人格化了的日、月、风、雷、鸾凤、鸟雀所组成的超现实世界。在这两个世界里，屈原旁征博引目之所及心之所念的各种"名物"，达到"以情为里，以物为表"抒发"抑郁沉怨"之志。东汉王逸在《楚辞章句·离骚经序》中言："《离骚》之文，依《诗》取兴，引类譬喻，故善鸟香草，以配忠贞；恶禽臭物，以比谗佞；灵修美人，以媲于君；宓妃佚女，以譬贤臣；虬龙鸾凤，以托君子；飘风云霓，以为小人。其词温而雅，其义皎而朗。凡百君子，莫不慕其清高，嘉其文采，哀其不遇，而愍其志焉。"这是迄今看到最早的详细解释《离骚》中名物比兴作用的注释。

屈原在《离骚》中运用众多的神话传说，呈现波谲云诡的想象，形成瑰丽绚烂的文采，因其结构巨幅宏伟，按照内容和意境，历来对其篇章结构的划分争论不休。

比如，南宋时的学者有把《离骚》分20段的，有分14段的，有分10段的，直到清末还有人为《离骚》的分段自立其说。到当代，《离骚》的段落划分也还没有统一标准。不过大致意见基本上归为两种，一是两分的，屈原自述身世及理想追求为第一部分（由开头到"虽体解吾犹未变兮，岂余心之可惩？"）；剩余的控诉现实及理想幻灭的为第二部分。绝大多数人偏向三分的：将整首诗374句按照"述怀"（从开头到"虽体解吾犹未变兮，岂余心之可惩？"）、"追求"（从"女媭之婵媛兮，申申其詈予"到"怀朕情而不发兮，余焉能忍与此终古！"）、"幻灭"（从"索藑茅以筳篿兮，命灵氛为余占之"到"既莫足与为美政兮，吾将从彭咸之所居"）分为三部分。当然，以上分法中，也有将从"乱曰"到"吾将从彭咸之所居"归为单独一部分的，属于文体的一种统一格式，有归纳总结、升华主题等作用。就在编辑此读本时，我还看到张南峭先生译注的《楚辞》（郑州大学出版社出版）是五分的。

　　本册依据众多注释家的品鉴，取了三分法的观点。但《离骚》在文意节奏中似乎没有很明显的过渡停滞感。通过反复诵读，更是发现作者的情绪一直是处于高昂饱满的状态中。除第一部分自述身世不凡、表露高洁形象的语辞给读者以较为清晰的叙述层次外，其余部分很多诗句都有重复言志、悲愤、哀叹自身遭际和对国家、民生担忧的感言，尤其是第二、第三部分（最后"乱曰"6句除外）所描述的现实与神话世界的交合穿梭，很难厘清其逻辑层次。这本来就是抒情诗的特点：一咏三叹、复沓往返、重章叠句。只不过不同于常见的三段式抒情诗，屈原在诗中变化着各种场景、名物，而抒发的情绪色彩一直没变：悲怆而高洁。因此整首诗读起来是一气呵成的，几乎没有过渡句式，促使吟诵时情感一泻千里，毫无滞涩感，从而更加令人情难自抑：激昂处放声高歌，愤怒处仰天长啸，悲痛处潸然泪下。

　　《离骚》，非纵情吟咏难得其高古之意，非朗声咏歌难穷其深绵之情。结合我三十多年带学生诵读《离骚》的教学实践，跟有缘捧读这本册子的您分享我一点浅见。

　　首先，相信背诵如《离骚》这样的长篇巨制、经典诗歌是有百益而无一害的。《离骚》如果仅仅是读几遍，收获不会大。多年前我在课上带学生看央视台一期访谈知名学者的直播节目，看到有位已是耄耋高龄的学者问现场的观众："我每天早上五点准时起来读书，现在还能十分熟练地背诵整首《离骚》，在座的谁可以把这首诗背下来？"观众席上瞬间鸦雀无声。我班上这群三年级孩子们纷纷举手大声争着说："我！我能！"因为，我们二年级下期背诵了这首长诗。为什么他们才小学二年级就背这么长的诗？因为"会当凌绝顶，一览众山小"，当经过长篇背诵的训练后，再来背诵短篇，尤其是教材里的绝句，简直就是小菜一碟啦！

最重要的是，类似《离骚》这样的诗歌，是后世诗词家典出的原生作品。熟读源头作品，再读后世的作品，不仅知道语典事典的出处，还能学习名家化用经典的手法，体悟典用的妙处，实现"能写千万言"的学习目标。比如，学了《楚辞》中的《离骚》《渔父》《少司命》后，我们再来读辛弃疾的《水调歌头·壬子三山被召陈端仁给事饮饯席上作》这首词，学生们不由得会心一笑：

长恨复长恨，裁作短歌行。何人为我楚舞，听我楚狂声？余既滋兰九畹，又树蕙之百亩，秋菊更餐英。门外沧浪水，可以濯吾缨。

一杯酒，问何似，身后名？人间万事，毫发常重泰山轻。悲莫悲生离别，乐莫乐新相识，儿女古今情。富贵非吾事，归与白鸥盟。

"水调歌头"这首词规定的字数应该是95个字，但辛弃疾从《楚辞》里一字未改地搬用了39个字，当然，随着诵读量的增多，我们会发现，这首词几乎每一个词都是辛弃疾从别人的作品里借用的。

这不叫抄袭，这叫"引经据典"！

没有腹藏千万卷，哪能下笔千万言？杜甫的"读书破万卷，下笔如有神"永远不过时，而重点在"破"，难点也在"破"。

其二，掌握读诗的基本法，才能读懂诗，也才能真正对诗歌有"心领神会"的品鉴力。

诗歌的灵魂在韵。韵读好了，诗歌的"韵味"才能感染读者和听者。按照今天普通话朗读的方式，高水平的朗诵者也能把有些诗文读得非常有"韵味"，富有感染力。可是，诗歌，既是诗文，也是歌词。有人说，诗歌是声音的艺术。而中国的古典诗歌尤其是发展到格律诗词后，对"声音"艺术的要求更是严格到精致程度。每句诗词用字的平仄规则、用韵规则及字数安排，都有标准，是非常"合律"的歌吟艺术。所以，中国古人把读诗说成"吟诗"。常言"酒逢知己饮，诗向会人吟"；更有名言"熟读唐诗三百首，不会吟诗也会吟"，这里的"吟"能改为"读"吗？为什么熟读最后的目标是"会吟"？

有人说，诗歌一半的灵魂在"歌"中。以前的读书人采用"吟诵"的方式读诗词，每一个读书人都具备见字能歌的基本能力，不需要别人谱曲，人人都可以按照自己所理解的程度通过吟诵立体地诠释该诗词的情境与意境。古人云：诗，不可解也。诗词，很多时候是只可意会不可言传，因为再好的译注，也不如诗词原文。而吟诵，却是对古诗词意境最全面、最立体的呈现。个人建议，但凡真爱古诗词，还是学点并不难掌握的吟诵常识。一般而言，能依据平长仄短、声音饱满、依义行调、依字行腔、韵字绵长等古诗词读法的基本规则去读的，没有不感人的。比如《离骚》是楚辞体，其基础是楚地民歌的调式，其中"兮"这个语气词本来就是起到让声音绵延的作用。

为了让更多的人爱上《离骚》，在这个读本里，我们录制了朗读音频，也录制了用"陈琴歌诀乐读法"念诵的、适合快速背诵的音频，还配置了陈琴吟诵调的吟诵音频，供读者选用。目的是希望爱《离骚》的您能熟读成诵，能在某个您需要调用这首诗的某章某句来"歌以咏志"时倾情而歌。

需要说明的是，吟诵是依据2012年4月王力先生在中国人民大学出版社出版的《诗经韵读·楚辞韵读》版本中标注的韵读标准，个别的音做了适当的调整。而朗诵和歌诀乐读的音频则是按照大家习惯的普通话注音版。为什么要这样处理？因为很多的今古音相差很大，在上古音或中古音是押韵的字，在普通话里却不押韵了。而吟诵，对韵字的处理有特别的要求，所以不可忽视。这个版本的吟诵基本上是遵循陈琴吟诵调的规则进行的：

平声读长仄声短，读准声调音饱满。
入声短促急收藏，韵字拖音音绵长。

这28个字，也是初学吟诵的基本规则。吟诵是很个性化的诗词读法，但有普遍要遵循的规则。想更深入学习古诗词吟诵的朋友可以多阅读一些这方面的文献资料。目前常用的吟诵大致分为方言吟诵和普通话吟诵。我个人的吟诵调来自外婆的读书调，带有比较明显的湖南永州地区的腔调。关于普通话吟诵方面的研究资料，个人推荐徐健顺老师的网络讲座，还有陈少松老先生的《古诗词文吟诵导论》，也可以搜索央视台历次有关的吟诵节目。

当然，如果仅仅是想熟练背诵这首诗，可以用朗读的方法，也可以尝试用陈琴歌诀乐读法。歌诀乐读是适合背诵长篇诗文的方法。熟知此法的朋友圈在传："一经掌握陈琴歌诀乐读法，可以横扫一切难背的古诗文。"虽然我个人觉得有点夸张，但三十多年的教学实践，让我看到，很多老师和学生怕背文言文，确实是不得法。其实，中国古代的读书人的背诵量是非常惊人的。曾经听一位老先生通过对比得出结论：但凡能考取功名的书生，肚子里至少要有四五十万字的背诵量。而我们今天一个初中生要背诵一篇《岳阳楼记》，有很多学生花了整整一周还是不熟。有的即使当时背熟了，没过多久，又忘记了。我多次在好几百人的教师培训会上求证："在座的老师们，能背《岳阳楼记》的请举手！"目之所及，惨不忍睹，偌大的会场有时候只有一两只举起的手。细思极恐啊！基础教育中的母语教育首先是以被证明必须要传承人文"绝学"为显学，而担重任的语文老师竟苍白如斯，如何"为往圣继绝学"啊？这种状况如何改变？我想，应该从家长和教师有能力读经典开始，从每个校园能随处歌诗诵文开始，从我们的社区处处有琅琅书声开始，从每个人身上多一份书卷气开始。

其三，对于这么长的一首诗，熟读能诵后想形成永久记忆，得讲究点策略。用"化整为零"的方式熟读成诵，也按照"集腋成裘"的方式逐句逐段地背诵。要理解每一句诗是不难的，对照译文读一下就可以了，如要背诵熟练确实需要下点功夫。不过，万不可急于求成，建议您把熟记的时间拉长点。《离骚》最后6句（从"乱曰"到"吾将从彭咸之所居"）是比较容易牢记的。前面的368句，如若每天诵读、熟记8句，只要46天即可完成，也就是一个半月左右。一生花一个半月的时间熟读这么经典的一首源头诗，何乐不为呢？

倘若您会用零碎的时间来品味、揣摩每天背诵的这8句诗，也许一个半月带给您的体验将是受益终生的。

许多未曾接触过"素读经典"读书法的人都很疑惑：在正常的语文课时数里，陈琴老师是如何做到让学生通过6年的语文课堂不仅学好语文教材，还能实现"背诵十万字，读破百部书，能写千万言"的教学目标？其实，除了读法的改进，还有就是利用了一切可以利用的零碎时间。坚持每周有3天的早读，每节语文课前有5到10分钟的快速背诵滚动练习，坚持在排队等候或放学队列里用琅琅书声来替代毫无意义的胡思乱想。零碎时间用好了，很多本要刻意求的学问也会在不经意间成了春起之苗日有所长啦。事实上，背诵积累之功，很难专门用整块连续的时间练成，倒是每天坚持三五分钟的日有所诵，反而效果更好。重要的是坚持！虽然少而慢，但有坚持的绵力，必有神奇的飞跃。

其四，《离骚》这个读本，素读经典团队会设计为"专书"素读课程。如果想更深入地学习这首诗，也可以通过素读经典的网络课程参与互动。我在《素读之歌》中有一个动员令："读书人，一起来，歌诀吟诵心飞扬！"期待通过读书，我们能诗意地栖居，从容地送往迎来，有悦纳的智慧，也有抗拒的底气。

我本是才识粗浅不堪大用之人，多年来疏于文字编写。孔子说自己是述而不作，而我不敢著书立说则是游于圣人门前难为言。想说的话，往往一提笔就发现古圣先贤早已有言为证，甚至远比我说得更鞭辟入里，于是再难有狗尾续貂的豪情。两年前，济南出版社的朱琦老师联系我，希望我能把素读经典的读书法传递给更多有缘人。他群策群力，一再指导我将课堂上的做法通过读本的方式编辑成册，还介绍了才情卓越的于畅编辑负责读本的编辑工作，也感谢我的三位弟子于琮老师、郭富凯老师和彭弘老师提供了这么动听的男女生朗诵音频和陈琴歌诀乐读法音频，还要感谢济南出版社所有的美编、编辑们，仅仅是为了一个封面的设计就反复修改了无数次。只是由于我的怠惰，工作进展很慢，朱老师却总是慈悲安慰："不急，慢工出细活。"不知道这个读本最终到有缘人手中，会是什么分量，惶恐忐忑中啊！庆幸的是，《离骚》本是文学作品中的巨擘，即便没有我的任何推介，自有光芒万丈。

李白有诗曰："屈平辞赋悬日月，楚王台榭空山丘。"期待与日月同辉的辞赋代表作《离骚》，从此刻开始，被您展读，被您高咏传唱。

陈 琴
2023年11月20日于北京南木斋

目 录

002　第一章
　　诗人自叙生平和遭遇，表达绝不向邪恶妥协的意志。他深怀报国之情，不断自我完善，其高洁的德行和崇高的理想始终不变。

056　第二章
　　诗人借幻想的世界表达执着追求理想的精神与四处碰壁、生不逢时的痛苦。他知道自己所坚守的美德和理想与当世混浊的环境不合，但他毫不后悔，坚持不变。

108　第三章
　　诗人已经感到楚国不可挽救，但总是在去留之间犹豫彷徨，矛盾不已。最后他依然眷恋故国，不忍离去，显示出深厚的爱国之情。

150　尾　声
　　诗人虽遭遇坎坷，但仍坚持追求人格的自我完善；虽不被楚国黑暗的环境所容，但仍始终保持对祖国的深沉热爱。

154　《离骚》全文诵读版

164　《离骚》首词提示背诵

168　参考文献

离骚

屈原（约前340年—前278年），名平，字原，战国时期楚国人。他早年辅佐楚怀王，担任左徒、三闾大夫；主张变法和联齐抗秦，遭到排挤陷害，先后被流放至汉北和沅湘流域。楚国郢都被秦军攻破后，屈原自沉汨罗江而死。他是爱国诗人，中国浪漫主义文学的奠基人，主要作品有《离骚》《九歌》《九章》《天问》等。

《离骚》是中国爱国主义诗篇的开山之作，中国文学浪漫主义的源头，中国古代最长的抒情诗。"离"同"罹"，遭受。"骚"是忧的意思。"离骚"即遭受忧患。诗人在诗中大量运用了"香草美人"的意象与瑰丽的想象，表达了深沉的爱国之情，对品德、人格的坚守，以及对美好理想的不懈追求。

第一章
DIYIZHANG

导 读

第一部分，诗人自叙生平和遭遇，表达绝不向邪恶妥协的意志。诗人先讲述自己的身世，及自己美好的才德，表明自己拥有远大的思想抱负和高洁的人格精神。诗人通过历数三后、尧、舜和桀、纣等前代君王的为政得失，表达对楚国命运的关怀。诗人忧叹楚王听信谗言、反复无常的行为，以及当时颠倒黑白、排挤贤才的环境，表达了他政治革新的愿望，并讲述了革新失败的遭遇。诗人尽管身处这样恶劣的环境，但坚持不与小人同流合污。他深怀报国之情，不断自我完善，其高洁的德行和崇高的理想始终不变。

陈琴歌诀乐读法音频

（一）

吟诵音频　朗读音频

导读　这一节诗人叙述了自己的生平经历和思想抱负。诗人具有非凡的身世与美好的才德，正因为如此，他想做出更多有益于楚国的事情。楚国黑暗的现状，让他感到时不我待，希望通过变革，实现理想和抱负。

注：为便于背诵，特将部分小节进一步分为二至三段，以原文上方的带圈数字"❶❷❸"等标示。

诵读 ①

帝^①高阳^②之苗裔^③兮，
（dì gāo yáng zhī miáo yì xī）

朕^④皇考^⑤曰伯庸^⑥（jiong）。
（zhèn huáng kǎo yuē bó yōng）

摄提^⑦贞^⑧于孟陬^⑨兮，
（shè tí zhēn yú mèng zōu xī）

惟庚寅^⑩吾以降^⑪（heung）。（东冬合韵）
（wéi gēng yín wú yǐ hóng）

注释

① 帝，德合天地的祖先和统治者。中国古代氏族为了美化自己的世系，常自称是某天神天帝的后裔。"帝"在战国之前指万物的主宰者，且有德合天地的赞美之意，如尧帝、舜帝等。

② 高阳，传说中古代部落的首领颛顼，黄帝次子昌意之子，因辅佐少昊有功，封于高阳（今河南省开封市杞县高阳镇），故号高阳氏。相传颛顼是楚国的远祖，其后代熊绎被周成王封为楚子，后来楚武王熊通称王，建都城于郢，熊通的儿子瑕受封于屈邑，为客卿。瑕的子孙因此以"屈"为氏。屈原是屈瑕的后人，上溯远祖是颛顼。

③ 苗，初生的植物。裔，衣服的末边。苗裔，远末子孙，后世子孙。

④ 朕，我。秦之前，无论贵贱都可以用"朕"自称。从秦始皇开始，"朕"成为皇帝专用的自称。

⑤ 皇，大、美、光明。考，对已故男性祖先的敬称，既可指祖父以上的离世的男性，也有时专指亡父。成语"如丧考妣"，妣是对已故的母亲的尊称。

⑥ 伯庸，屈原的父亲。

⑦ 摄提，即摄提格，古代纪年的术语，相当于寅年。这是中国古人使用的岁星纪年法。中国古代天文学家以地球为观测点，以相对不动的恒星为背景来观测岁星在天空的运动，岁星正好约十二年绕天一周，以六十甲子为运转周期。岁星每年行经一个特定的星空区域，每一个星空区域都有一个特定的名称，星空区域共有十二个，即十二次，这样用"岁在××"纪年，十二年周而复始。《尔雅·释天》："太岁在寅曰摄提格，在卯曰单阏，在辰曰执徐，在巳曰大荒落，在午曰敦牂（zāng），在未曰协洽，在申曰涒滩，在酉曰作噩，在戌曰阉茂，在亥曰大渊献，在子曰困敦，在丑曰赤奋若。"屈原出生的这一年"太岁在寅"，即寅年。

⑧ 贞，正，当。

⑨ 孟陬，夏历正月，又称寅月。

⑩ 庚寅，即庚寅日。庚是十天干中的一个序号，寅是十二地支

中的一个序号。古代用天干配地支的方式以纪年、纪月等，天干地支组成六十种组合为一个完整的"轮"，循环往复。庚寅日是楚地民间习俗上的吉宜日，古代有"男命起寅"的传说。古人认为，寅为阳正，故男始生而立于寅；庚为阴正，故女始生而立于庚。屈原称自己出生于寅年正月庚寅日，得阴阳之正中。

⑪ 降，出生，降世。此处读作 hóng。《楚辞补注》："降，乎攻切。"今音 jiàng。

译文 我是颛顼的后世子孙，我的父亲名叫伯庸。在寅年寅月，且是在庚寅日我降生于世。

〔明〕 文徵明 《扇面山水图》

诵读

huáng lǎn kuí yú chū dù xī
皇①览②揆③余④初度⑤兮,

zhào cì yú yǐ jiā míng
肇⑥锡⑦余以⑧嘉名⑨(mieng)。

míng yú yuē zhèng zé xī
名余曰正⑩则⑪兮,

zì yú yuē líng jūn
字⑫余曰灵⑬均⑭(kiuen)。 (耕真合韵)

注释 ① 皇,即皇考,指前文中的屈原的父亲伯庸。

② 览,观察。

③ 揆,揣度,估量。

④ 余,我。《尔雅·释诂》:"朕、余、躬,身也。"朕、余、躬都是指自身。

⑤ 初度,初生的时节。由前两句可见,屈原的生日很不平凡。

⑥ 肇,始。

⑦ 锡,同"赐"。送给,给予。

⑧ 以,用,把。

⑨ 嘉,善,美。嘉名,美好的名字。

⑩ 正,平正,公正。

⑪ 则，法则。

⑫ 字，《礼记·檀弓上》："幼名，冠字。""名"是一个人出生三个月时由父亲取的，"字"是成年（男二十岁举行冠礼，女十五岁举行笄礼）时由长辈取的。"名"和"字"一般在意义上都存在一定的联系。有时，"名"和"字"词义相近或"字"是对"名"的进一步阐述，例如，屈原名平，字原；有时"名"和"字"意思相反，例如，韩愈，字退之，宋代理学家朱熹，字元晦。

⑬ 灵，善。

⑭ 均，均匀，公平。司马迁《史记》："屈原者，名平。"原，是屈原的字；平，是他的名。正则，平正而有法则。灵均，美好而公平。正则、灵均是对平、原的解释。

译文 父亲看我出生的年月日非同寻常，所以赐给我美好的名字。给我取名叫"正则"，取字叫"灵均"。

诵读 2

fēn wú jì yǒu cǐ nèi měi xī
纷①吾既有此内美②兮，

yòu chóng zhī yǐ xiū nài
又重③之以修④能⑤（nə）。

hù jiāng lí yǔ pì zhǐ xī
扈⑥江离⑦与辟芷⑧兮，

rèn qiū lán yǐ wéi pèi
纫⑨秋兰⑩以为佩⑪（buə）。（之部）

注释 ① 纷，繁盛的样子。

② 内美，内在的美质，指以上所述自己非同寻常的祖先、生日、名字。

③ 重，再。

④ 修，长，美。

⑤ 能，才能。此处读作 nài，协韵。《楚辞补注》："能……此读若耐，叶韵。"今音 néng。一说同"态"，修能即美好的容态。

⑥ 扈，披在身上。

⑦ 江离，香草名。这种香草生于江中，所以叫江离。《说文》

称，江离即蘼芜。郭璞则认为，江离类似水荠。

⑧ 辟，幽僻；消除。芷，白芷，《楚辞补注》载，其生于下泽，春天生长，叶子相对婆娑，楚人把它叫作药。辟芷，这种香草生于幽僻的地方，所以叫辟芷；另一种解释是芷的香气可以辟除秽浊之气。

⑨ 纫，用线穿起来。

⑩ 兰，香草名，在秋天盛开，所以叫秋兰。

⑪ 佩，佩饰。用佩戴香草来比喻自己美好的品德。

译文 我已有这么多内在美，又具备美好的容貌举止。我披戴着江离和辟芷，缀结秋兰作为配饰。

〔宋〕 佚名 《秋渚文禽图》

诵读

> yù yú ruò jiāng bù jí xī
> 汩①余若将不及②兮，
>
> kǒng nián suì zhī bù wú yǔ
> 恐年岁之不吾与③（jia）。
>
> zhāo qiān pí zhī mù lán xī
> 朝④搴⑤阰⑥之木兰⑦兮，
>
> xī lǎn zhōu zhī sù mǔ
> 夕⑧揽⑨洲⑩之宿莽⑪（ma）。（鱼部）

注释
① 汩，水飞快流去的样子，形容时间流逝之快。"汩"字在古代有三个读音：gǔ，水流动的声音；yù，迅疾的样子，故此处读 yù；hú，涌波。（见《汉语大字典》）

② 不及，来不及。

③ 与，待。

④ 朝，早晨。

⑤ 搴，采，拔取。

⑥ 阰，次第相连的山。

⑦ 木兰，香木名，《楚辞补注》引《本草》称，其树皮像桂树，有香气，树木高大，去皮不死。

⑧ 夕,日暮。

⑨ 揽,采。

⑩ 洲,水中可居的陆地。

⑪ 宿莽,一种在冬季生长而不枯死的草,《尔雅》中称,即卷施草。木兰去皮不死,宿莽遇冬不枯,比喻坚持不懈地自我修炼,心志就像木兰和宿莽一样坚韧,本心始终不变。莽,此处读作 mǔ,协韵。《楚辞补注》:"莽,莫补切。"今音 mǎng。

译文 我想到光阴如流水般迅速逝去,感到仿佛一切都将来不及,恐怕光阴不会等我。早晨在次第相连的山上拔取去皮不死的木兰,傍晚在水洲上采摘遇冬不枯的宿莽。

诵读

rì yuè hū qí bù yān xī
日月①忽②其不淹③兮，

chūn yǔ qiū qí dài xù
春与秋其代序④（zia）。

wéi cǎo mù zhī líng luò xī
惟⑤草木之零落⑥兮，

kǒng měi rén zhī chí mù
恐美人⑦之迟暮⑧（mak）。（鱼铎通韵）

注释 ① 日月，指时光。

② 忽，迅速的样子。

③ 淹，久留。不淹，不长久地停留。

④ 代序，更迭次序。

⑤ 惟，思，想到。

⑥ 零、落，凋零，陨落。

⑦ 美人，屈原自喻，也有人认为指楚怀王。

⑧ 迟、暮，晚，指衰老。

译文 时光飞快流逝，不长久地停留，春天与秋天更迭。想到草木都会凋零，唯恐美人将会衰老。

诵读

不①抚②壮③而弃④秽⑤兮，

何不改⑥乎此度⑦（dak）？

乘⑧骐骥⑨以驰骋⑩兮，

来吾道⑪夫先路⑫（lak）！（铎部）

注释 ① 不，即何不，与下句"何不"为互文。

② 抚，把握。

③ 壮，壮年。

④ 弃，去除。

⑤ 秽，荒草，杂草，比喻恶行或谗佞的小人。

⑥ 改，更改。

⑦ 度，态度，法度。

⑧ 乘，骑马。

⑨ 骐骥，骏马，比喻贤能智慧的人。乘骏马，一日可致千里，比喻任用贤智之人，则可成就一国的治理昌明。

⑩ 驰骋,迅疾地奔跑。

⑪ 道,同"导",导引。

⑫ 先路,前方的路。

译文 为什么不珍惜壮年时光,在此时抛弃恶行,为何不改变做事的态度?骑上骏马奔驰吧,让我在前面为你引路!

〔宋〕 佚名 《仙女乘鸾图》

（二）

吟诵音频　　朗读音频

导读　　诗人迫切地想在楚国推行革新，让楚国走上治国正途，却遭到了失败。朝廷中众小人争名逐利、结党营私；楚怀王看不到诗人的一腔热诚，反而听信谗言，降罪于诗人。诗人为楚王心意变化不定、楚国前途灰暗而感到悲伤。

诵读 ①

昔三后①之纯粹②兮，(xī sān hòu zhī chún cuì xī)

固众芳③之所在（dzə）。(gù zhòng fāng zhī suǒ zài)

杂④申⑤椒⑥与菌桂⑦兮，(zá shēn jiāo yǔ jùn guì xī)

岂维⑧纫夫蕙茝⑨（thjiə）？（之部）(qǐ wéi rèn fú huì chǎi)

注释 ① 后，君主。三后指禹、商汤、周文王。戴震《屈原赋注》等认为指楚国的先代国君。

② 纯粹，指德行精美无瑕。

③ 众芳，比喻众多贤能的人，或比喻众多美德。

〔宋〕 赵佶 《池塘秋晚图》

④ 杂，混合。

⑤ 申，重叠。一说地名。

⑥ 椒，香木名，《离骚草木疏》载，其像茱萸，有刺，果实可放进饮食中调味。申椒，椒生长呈重叠丛簇的样子，所以叫申椒。一说椒很小，采集很多才能足够香，所以叫申椒。一说申地所产的椒。

⑦ 菌桂，香木名，又名肉桂。

⑧ 岂维，难道只是，反问语气。维，通"唯"，独。

⑨ 蕙、茝，均为香草名。《离骚草木疏》载，蕙草的样子与兰相似，香气像蘪芜。《楚辞补注》称，茝即白芷。用香木香草比喻美德或具有美德的人。

译文 从前禹、商汤、周文王三位贤王德行完美无瑕，因而众多贤能的人聚集在他们周围。把申椒与菌桂混合，难道只把蕙、茝连缀在一起？

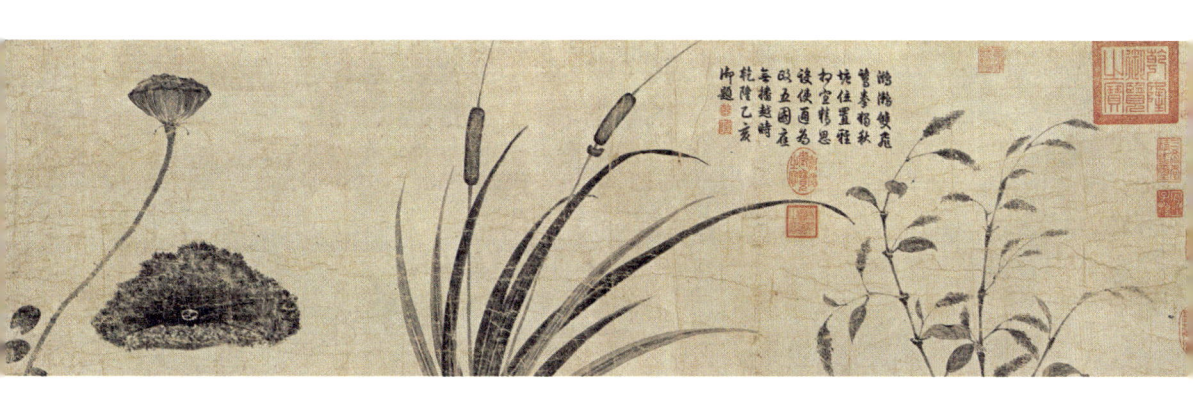

> **诵读**
>
> bǐ yáo shùn zhī gěng jiè xī
> 彼尧舜①之耿②介③兮,
>
> jì zūn dào ór dé lù
> 既遵道④而得路(lak)。
>
> hé jié zhòu zhī chāng pī xī
> 何桀纣⑤之猖披⑥兮,
>
> fú wéi jié jìng yǐ jiǒng bù
> 夫唯捷径⑦以窘步⑧(ba)。(铎鱼通韵)

注释 ① 尧、舜,上古时代圣明贤德的君王。

② 耿,光明。

③ 介,大。

④ 遵道,遵循正确的治国之道。

⑤ 桀、纣,夏朝、商朝的昏聩无道而失位的君王。

⑥ 猖披,衣服不系衣带的散乱样子,指放纵狂乱。

⑦ 捷,疾速;斜出。径,小路。捷径,斜出的小路。

⑧ 窘,急。窘步,因为走的是小路,窘迫局促地行走。

译文 尧、舜圣明贤德,遵行正道,使国家走上正途。桀、纣放纵狂乱,正是因为他们贪图捷径,以致走投无路。

诵读

wéi fú dǎng rén zhī tōu lè xī
惟夫党人①之偷乐②兮，

lù yōu mèi yǐ xiǎn yì
路③幽④昧⑤以险⑥隘⑦（ek）。

qǐ yú shēn zhī dàn yāng xī
岂余身之惮⑧殃⑨兮，

kǒng huáng yú zhī bài jì
恐⑩皇舆⑪之败绩⑫（tzyek）。（锡部）

注释 ① 党人，结党营私的人。

② 偷，苟且。偷乐，苟且行事而贪图享乐。

③ 路，指国家的前途。

④ 幽，深僻。

⑤ 昧，昏暗。

⑥ 险，面临危险。

⑦ 隘，非常狭窄。此处读作 yì，协韵。《康熙字典》："又叶伊昔切，音益。"今音 ài。

⑧ 惮，畏惧。

⑨ 殃，祸患。

⑩ 恐,担忧,害怕。

⑪ 皇,国君。舆,车。皇舆,国君所乘的车,比喻国家。

⑫ 绩,功绩。败绩,马车倾覆,指国家的危险、覆败。

译文 结党营私之徒贪图享乐,国家的前途晦暗不明、充满危险。难道我是害怕自身遭受灾祸吗?我是怕国家遭到颠覆。

〔宋〕 佚名 《枯树鸲鹆图》

诵读 ②

忽^①奔走以先后兮,
及^②前王^③之踵武^④(miua)。
荃^⑤不察余之中情兮,
反信谗^⑥而齌怒^⑦(na)。(鱼部)

注释 ① 忽,迅疾,前后奔走、无暇休息的急切状态。

② 及,追上而接续。

③ 前王,过去的贤德君王。

④ 踵武,足迹。

⑤ 荃,香草名,即菖蒲,林家骊译注《楚辞》中注称,古人多用此香草比喻君主。

⑥ 信谗,听信谗言。

⑦ 齌,疾。齌怒,暴怒。

译文 我匆匆奔走于君王的鞍前马后,希望他能追随先王的足迹,做贤德之君。君王不明察我真诚的心,反而轻信谗言、勃然大怒。

诵读

yú gù zhī jiǎn jiǎn zhī wéi huàn xī
余固知謇謇①之为患兮，

rǎn ér bù néng shě　　　yě
忍而不能舍②（sjya）也。

zhǐ jiǔ tiān yǐ wéi zhèng xī
指九天③以为正④兮，

fú wéi líng xiū zhī gù　　yě
夫唯灵修⑤之故（ka）也。（鱼部）

yuē huáng hūn yǐ wéi qī xī
[曰⑥黄昏⑦以为期兮，

qiāng zhōng dào ér gǎi lù
羌⑧中道而改路。]⑨

注释 ①謇謇，忠贞的样子。

②舍，放弃。

③九天，以"九"表现多，指非常高远的天。

④正，同"证"，证明。

⑤灵修，指楚怀王。

⑥曰，说，叙述当初约定的话。

⑦ 黄昏，古代结婚迎娶新娘的时候。

⑧ 羌，楚人的发语词。

⑨ "曰黄昏以为期兮，羌中道而改路。"这两句，洪兴祖《楚辞补注》推测是后人所加，《文选》中也没有这两句。

译文 我原本就知道忠贞直谏会遭受祸患，但我还要忍耐，不会放弃。手指九天作为我起誓的证明，这都是因为君王的缘故。[君王与我说好在黄昏时分会面，可他走到半路又改道。]

〔明〕 文徵明 《扇面山水图》

> **诵读**
>
> chū jì yǔ yú chéng yán xī
> 初①既与余成言②兮,
>
> hòu huǐ dùn ér yǒu tā
> 后悔遁③而有他④（thai）。
>
> yú jì bù nán fú lí bié xī
> 余既不难⑤夫离别兮,
>
> shāng líng xiū zhī shuò huà
> 伤灵修之数化⑥（xoai）。（歌部）

注释 ① 初，开始，起初。

② 成言，彼此约定。

③ 悔，反悔。遁，隐匿，回避。悔遁，反悔而回避，指心意改变。

④ 有他，有其他打算。

⑤ 难，畏惧忌惮。

⑥ 数化，多次变化，主意摇摆不定。

译文 当初已经跟我订下誓约，随后又反悔而另有他求。我已不再为分离而难过，只是哀叹君王主意摇摆不定。

（三）

吟诵音频　　朗读音频

导读　　诗人一心为楚国着想却遭受小人谗言、让楚王暴怒，朝廷中贤才竟纷纷变节堕落，众小人争相追逐私利，而私利并不是诗人心中所求。诗人自明其志，只要自身的情志确实是美好高洁的，不被理解、受到排挤又有什么关系？即使不能被世俗所容，也要坚持正道、追求美德。

诵读 1

余既滋①兰之九畹②兮，
又树③蕙④之百亩⑤（mə）。
畦⑥留夷⑦与揭车⑧兮，
杂⑨杜衡与芳芷⑩（tjiə）。（之部）

注释
① 滋，栽植。
② 畹，田地的计量单位。
③ 树，种植。
④ 蕙，前文有"杂申椒与菌桂兮，岂维纫夫蕙茝"。
⑤ 亩，田地的计量单位。
⑥ 畦，垄，这里指一垄一垄地栽种。
⑦ 留夷，香草名，又叫挛夷，有学者认为是芍药。《诗经·溱洧》："维士与女，伊其相谑，赠之以勺药。"但先秦古籍中的芍药并非今天的木芍药。
⑧ 揭车，《楚辞补注》载，也作"藒车"，香草名，又名芞舆，

味辛，生长在彭城，有数尺高，白花。此处读作 jū，《康熙字典》中"车"读音"九鱼切""音居"下有"揭车"。今音 chē。

⑨ 杂，混合栽种。

⑩ 杜衡、芳芷，香草名。杜衡，《楚辞补注》引《本草》载，其叶子像葵，形状像马蹄，俗名马蹄香。

译文 我栽下了九畹的兰花，又种上了百亩的蕙草。将芍药和揭车分畦种植，其间混有杜衡和芳芷。

〔明末清初〕 项圣谟 《花卉十开》之一

诵读

jì zhī yè zhī jùn mào xī
冀①枝叶之峻茂②兮，

yuàn sì shí hū wú jiāng yì
愿俟③时乎吾将刈④（ngiat）。

suī wěi jué qí yì hé shāng xī
虽萎绝⑤其亦何伤兮，

āi zhòng fāng zhī wú huì
哀众芳之芜秽⑥（iuat）。（月部）

注释 ① 冀，希望。

② 峻茂，高大茂盛。

③ 俟，等待。

④ 刈，收割，引申为收获。比喻等贤能的人才成长起来的时候将加以任用。

⑤ 萎绝，草木生病枯萎零落。

⑥ 芜秽，荒芜，荒废。

译文 希望它们枝繁叶茂，我愿等待时机将它们采摘。它们摧折枯萎原不足伤感，使我痛心的是它们由美好的香草变成了衰败的杂草。

> **诵读**
>
> zhòng jiē jìng jìn yǐ tān lán xī
> 众①皆竞进②以贪婪兮,
>
> píng bú yàn hū qiú sù
> 凭不厌③乎求索④（sak）。
>
> qiāng nèi shù jǐ yǐ liáng rén xī
> 羌内恕己以量⑤人兮,
>
> gè xīng xīn ér jí dù
> 各兴⑥心而嫉妒（tak）。（铎部）

注释 ① 众，众小人。

② 竞进，指争相追逐私利。

③ 凭、厌，满足。

④ 索，求。此处读作 sù，协韵。《楚辞补注》："徐邈读作苏故切，则索亦有素音。"今音 suǒ。

⑤ 恕、量，忖度。

⑥ 兴，产生。

译文 众小人都争相追逐私利，全然没有满足的时候。这些小人以自己的心思揣测别人，以为我也和他们一样贪婪，便各自产生嫉妒之心。

诵读

忽驰①骛②以追逐③兮，

非余心之所急（kiəp）。

老④冉冉⑤其将至兮，

恐修名⑥之不立⑦（liəp）。（缉部）

注释 ① 驰，奔驰。

② 骛，胡乱地奔驰。

③ 追逐，指追逐私利。

④ 老，古代人七十岁叫作老。

⑤ 冉冉，行走的样子，渐渐。

⑥ 修名，美好的名声。

⑦ 立，成就，树立。

译文 他们急切奔跑追逐私利，而私利并不是我心中所求。衰老渐渐就要来临，我担心我的美名没有树立。

诵读 2

zhāo yǐn mù lán zhī zhuì lù xī
朝饮木兰①之坠②露兮,

xī cān qiū jú zhī luò yīng
夕餐秋菊之落英③(yang)。

gǒu yú qíng qí xìn kuā yǐ liàn yào xī
苟④余情其信姱⑤以练要⑥兮,

cháng kǎn hàn yì hé shāng
长颔颔⑦亦何伤(sjiang)? (阳部)

注释 ① 木兰,前文有"朝搴阰之木兰兮,夕揽洲之宿莽"。

② 坠,掉落,坠落。

③ 英,花。

④ 苟,诚,且。

⑤ 信,真实。姱,美好。信姱,确实美好。

⑥ 练要,精炼专一。

⑦ 颔颔,吃不饱而脸色发黄的样子。

译文 早上饮用木兰上滴下的露水,傍晚食用坠落的秋菊。只要我的情志确实美好、坚贞,长久的形销骨立又有什么值得悲伤?

> **诵读**
>
> lǎn mù gēn yǐ jié chǎi xī
> 揽①木根以结②茞兮，
>
> guàn bì lì zhī luò ruǐ
> 贯③薜荔④之落蕊⑤（njiuai）。
>
> jiǎo jùn guì yǐ rèn huì xī
> 矫⑥菌桂⑦以纫蕙⑧兮，
>
> suǒ hú shéng zhī xǐ xǐ
> 索⑨胡绳⑩之纚纚⑪（shiai）。（歌部）

注释 ① 揽，执持，摘取。

② 结，编结，束缚。

③ 贯，穿成串。

④ 薜荔，香草名，《楚辞补注》载，其缘木而生，有芳香。

⑤ 蕊，花心。

⑥ 矫，举起。

⑦ 菌桂，前文有"杂申椒与菌桂兮，岂维纫夫蕙茝"。

⑧ 蕙，前文有"杂申椒与菌桂兮，岂维纫夫蕙茝""余既滋兰之九畹兮，又树蕙之百亩"。

⑨ 索，编为绳索。

⑩ 胡绳，香草名。《离骚草木疏》中认为，胡指荤菜，也就是蒜；绳指绳毒，又叫蛇床，在道边、田野间有很多，花白，子如黍粒。

⑪ 缅缅，绳索长而下垂的样子。

译文 取树木的根编结香芷，将薜荔的花蕊穿成串。拿菌桂缀结蕙草，把胡绳编为长长的绳索。

〔宋〕 马远 《白蔷薇图》

> **诵读**
>
> jiǎn wú fǎ fú qián xiū xī
> 謇①吾法夫前修②兮,
>
> fēi shì sú zhī suǒ bì
> 非世俗之所服③（biuək）。
>
> suī bù zhōu yú jīn zhī rén xī
> 虽不周④于今之人兮,
>
> yuàn yī péng xián zhī yí zé
> 愿依彭咸⑤之遗则⑥（tzək）。（职部）

注释 ① 謇,发语词。

② 法夫前修,效法前代的贤人。夫,语气词。

③ 服,用。邓启铜、诸泉注释的《楚辞》中,此处读作 bì。今音 fú。

④ 周,合。

⑤ 彭咸,殷代一位贤能的大夫,他向他的君王进谏而不被听取,遂投水而死。

⑥ 遗则,遗留下的法则,即榜样。

译文 我学习前代的贤人,流俗之辈是不能做到的。即使不能被当世的人容纳,我愿以彭咸为榜样。

（四）

吟诵音频　朗读音频

导读　诗人感叹在楚国黑暗的社会环境中，民众生活艰难，自己因为喜好美德而受到楚王的误解、众小人的诽谤。但诗人始终不跟随流俗，坚决不向黑暗势力妥协，坚持清白的操守。

诵读

cháng tài xī　　yǐ yǎn tì　xī
长太息①以掩涕②兮，

āi mín shēng　zhī duō jiān
哀民生③之多艰（keən）。

yú suī hào xiū kuā　yǐ jī jī　xī
余虽好修姱④以鞿羁⑤兮，

jiǎn zhāo suì　ér xī tì
謇朝谇⑥而夕替⑦（thyet）。（文质合韵）

注释 ① 太，甚。息，叹息。太息，长叹。

② 涕，眼泪。掩涕，擦拭眼泪。

③ 民生，民众的生计。

④ 修姱，修洁而美好。

⑤ 鞿，马缰绳。羁，马络头。鞿羁，以马自喻，比喻自我检视约束，不放纵。

⑥ 谇，进谏。

⑦ 替，废弃。

译文 我长叹并掩面拭泪，感伤民众的生计是多么艰难。我虽爱好美德而自我约束，但还是早上向君王进谏，傍晚就被废去官职。

诵读

既替余以蕙①纕②兮，
jì tì yú yǐ huì xiāng xī

又申③之以揽茝（thjiə）。
yòu shēn zhī yǐ lǎn chǎi

亦余心之所善④兮，
yì yú xīn zhī suǒ shàn xī

虽九⑤死其犹未悔（xuə）。（之部）
suī jiǔ sǐ qí yóu wèi huǐ

注释
① 蕙，前文有"杂申椒与菌桂兮，岂维纫夫蕙茝""余既滋兰之九畹兮，又树蕙之百亩""矫菌桂以纫蕙兮，索胡绳之纚纚"。
② 纕，佩带。
③ 申，重复。
④ 善，爱。
⑤ 九，表示次数非常多。极言自己为理想而奋斗，绝不妥协、屈服。

译文 废弃我的原因是我身佩蕙草，又加上我采集香茝。这是我心中所坚守热爱的，为此即使万死我也不后悔。

诵读

怨①灵修②之浩荡③兮，
终不察夫民心④（siəm）。
众女⑤嫉余之蛾眉⑥兮，
谣诼⑦谓余以善淫（jiəm）。（侵部）

注释 ① 怨，悲愁。

② 灵修，指楚怀王。

③ 浩荡，不加思虑的样子。

④ 民心，民众疾苦。一说即人心，指我的忠贞之心。

⑤ 众女，指众小人。

⑥ 蛾眉，眉毛长得像蚕蛾，指美好的样子。

⑦ 谣诼，诽谤，诋毁。

译文 让我悲愁的是君王行事不深思熟虑，始终不明察民众疾苦。众小人都嫉恨我美丽的容貌，造谣说我善于淫逸。

诵读

固时俗之工巧①兮，

俪②规矩③而改错④（tsak）。

背⑤绳墨⑥以追⑦曲兮，

竞周容⑧以为度⑨（dak）。（铎部）

注释 ① 工巧，投机取巧。

② 俪，违背。

③ 规，用来绘制圆形的工具。矩，用来绘制方形的工具。规矩，法则。

④ 错，同"措"，措施。

⑤ 背，违背。

⑥ 绳墨，用来画直线的工具，指规正曲直是非的法则。

⑦ 追，追随。

⑧ 周容，苟且迎合。

⑨ 度，方法。

译文 流俗之人本来就善于取巧,背弃原则、篡改措施。违反法则追求邪曲,争相苟且迎合并以之为常行之法。

〔宋〕 赵伯驹(传) 《仙山楼阁图》

诵读

忳①郁邑②余侘傺③兮，

吾独穷困乎此时（zjie）也。

宁溘④死以⑤流亡⑥兮，

余不忍为此态（thə）也。（之部）

注释 ① 忳，忧郁的样子。

② 郁邑，郁结烦闷。

③ 侘傺，失意、彷徨的样子。

④ 溘，突然。

⑤ 以，而。

⑥ 流亡，死于道路、沟壑，不得安葬。

译文 我郁结烦闷失意彷徨，只有我受困于此时。我宁可突然死去，尸身弃于沟壑而不得安葬，也不能忍受作投机取巧、苟且迎合的姿态。

> **诵读**
>
> zhì niǎo zhī bù qún xī
> 鸷鸟①之不群②兮,
>
> zì qián shì ér gù rán
> 自前世③而固然(njian)。
>
> hé fāng yuán zhī néng zhōu xī
> 何④方圜⑤之能周⑥兮,
>
> fú shú yì dào ér xiāng ān
> 夫孰异道而相安(an)？（元部）

注释 ① 鸷鸟，鹰隼类猛禽，取其威猛英杰之意。

② 不群，指不与凡鸟同群。比喻不与小人同流合污。

③ 前世，古时候。

④ 何，如何。

⑤ 圜，即圆。

⑥ 周，相合。

译文 鹰隼猛禽不与凡鸟同群，自古以来就是如此。方和圆如何能相合？不同道的人怎么能相安共处？

诵读

qū xīn ér yì zhì xī
屈心而抑志兮，

rěn yóu ér rǎng gòu
忍尤①而攘②诟③（xo）。

fú qīng bái yǐ sǐ zhí xī
伏④清白以死直⑤兮，

gù qián shèng zhī suǒ hòu
固前圣之所厚⑥（ho）。（侯部）

注释 ① 尤，罪过。

② 攘，容让。

③ 诟，耻辱，诟病。

④ 伏，通"服"，自守。

⑤ 死直，为了坚守正直之道而死。

⑥ 厚，重视。

译文 我委屈压抑心志，隐忍指责，容让诟病。我愿自守清白，为了坚守正直之道而死，这本就是我视为榜样的前代圣人所看重的。

（五）

导读　诗人在楚国朝廷受到排挤和诽谤，于是假设自己退隐的情景，表达自己即使不被理解，也要修养美好的品德。诗人在留在楚国与退隐之间徘徊，而修养自我才德的追求始终不变。

诵读

悔①相②道之不察③兮，

延④伫⑤乎吾将反⑥（piuan）。

回⑦朕车⑧以复路⑨兮，

及行迷⑩之未远（hiuan）。（元部）

注释 ① 悔，后悔。

② 相，观看。

③ 察，明察。

④ 延，长久。

⑤ 伫，站立。

⑥ 反，同"返"。

⑦ 回，回转。

⑧ 车，此处读作 jū，今音 chē。

⑨ 复路，回到原来所走的道路。

⑩ 行迷，走在迷途。

译文 我后悔之前自己没有明察道路,我长久地站立着,将要返回。我调转车头,回到原来所走的道路,趁着在迷途还没有走得很远。

〔清〕 恽寿平 《出水芙蓉(临陈淳)》

诵读

步①余马于兰皋②兮，
bù yú mǎ yú lán gāo xī

驰③椒丘④且⑤焉⑥止息⑦（siək）。
chí jiāo qiū qiě yān zhǐ xī

进不入以离⑧尤兮，
jìn bú rù yǐ lí yóu xī

退⑨将复修吾初服⑩（biuək）。（职部）
tuì jiāng fù xiū wú chū bì

注释 ① 步，缓慢行走。

② 皋，近水的高地。

③ 驰，快速奔跑。

④ 椒丘，长着椒的高地。

⑤ 且，聊且，暂且。

⑥ 焉，在这里。

⑦ 止息，停下来休息。

⑧ 离，同"罹"，遭遇。

⑨ 退，退去，离去。指退出朝堂而隐居。

⑩ 服，此处读作 bì。王力《楚辞韵读》中"服"与"息"都在职部，协韵。今音 fú。

译文 我骑马缓慢行走在生长着兰草的水边高地上,疾驰到长着椒的高丘,暂且在这里休息。我进入朝堂既然不能被国君所容,反而获罪,那么我将退出朝堂,重整我当初的服饰。

诵读

制①芰②荷以为衣③兮，

集④芙蓉以为裳⑤（zjiang）。

不吾知⑥其亦已兮，

苟⑦余情其信芳（phiuang）。（阳部）

注释
① 制，剪裁。
② 芰，《楚辞补注》载，指菱，生长在水中，叶子浮在水面上，花黄白色。
③ 衣，上衣。
④ 集，收集。
⑤ 裳，下衣。
⑥ 不吾知，即不知吾，不知道我，不理解我。
⑦ 苟、信，诚，确实。

译文 我剪裁菱叶和荷叶，收集荷花，来制成我的衣裳。世俗不理解我也就罢了，我的情怀确实是美好的就够了。

诵读

gāo yú guān zhī jí jí xī
高余冠之岌岌①兮，

cháng yú pèi zhī lù luó
长余佩②之陆离③（liai）。

fāng yǔ zé qí zá róu xī
芳④与泽⑤其杂糅⑥兮，

wéi zhāo zhì qí yóu wèi kuō
唯⑦昭⑧质其犹未亏⑨（khiuai）。（歌部）

注释 ① 岌岌，很高的样子。

② 佩，佩饰，指佩剑、玉、兰、芷之类佩戴在身上的饰物。

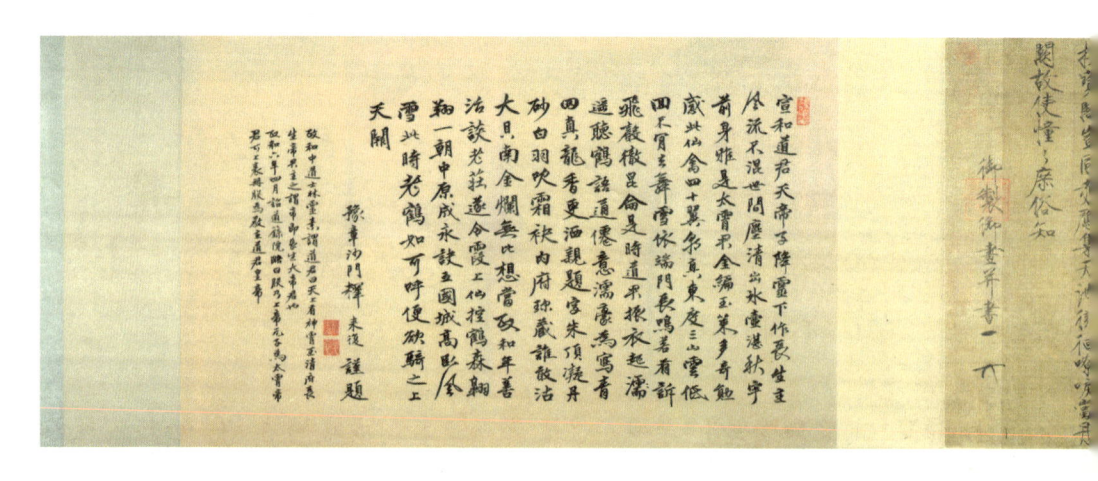

〔宋〕 赵佶 《瑞鹤图》

③ 陆离,很长的样子。一说类似参差,众多的样子。离,此处读作 luó。王力《楚辞韵读》中"离"与"亏"都在歌部,协韵。今音 lí。

④ 芳,芳香的气味,或香草。比喻品德高洁。

⑤ 泽,污垢,比喻奸邪小人。

⑥ 糅,混杂。

⑦ 唯,唯独。

⑧ 昭,光明。

⑨ 亏,缺损。此处读作 kuō,与"离"协韵。邓启铜、诸泉注释的《楚辞》中,此处"亏"读作 kuō。今音 kuī。

译文 加高我的帽子使之显得高耸,加长我的佩饰使之更加修长。芳香和污垢混杂在一处,只有明洁的品质仍然不曾缺损。

诵读

hū fǎn gù yǐ yóu mù xī
忽反顾以游目①兮，

jiāng wǎng guān hū sì huāng
将往观乎四荒②（xuang）。

pèi bīn fēn qí fán shì xī
佩缤纷③其繁④饰兮，

fāng fēi fēi qí mí zhāng
芳菲菲⑤其弥⑥章⑦（tjiang）。（阳部）

注释 ① 游目，纵目而望。

② 荒，远。四荒，四方边远的地方。

③ 缤纷，繁盛众多的样子。

④ 繁，众多。

⑤ 芳菲菲，香气浓郁。

⑥ 弥，愈加，更加。

⑦ 章，同"彰"，明显，显著。

译文 我忽然间回首远望，将去四方荒远之地游览。戴上众多华美的佩饰，浓郁的芳香更加突显。

> **诵读**
>
> mín shēng gè yǒu suǒ yào xī
> 民生①各有所乐②兮,
>
> yú dú hào xiū yǐ wéi cháng
> 余独好修以为常(zjiang)。
>
> suī tǐ jiě wú yóu wèi biàn xī
> 虽体解③吾犹未变兮,
>
> qǐ yú xīn zhī kě cháng
> 岂余心之可惩④(diəng)?(阳蒸合韵)

注释 ① 民生,即人生。

② 乐、好,爱好,喜欢。乐,此处读作 yào。《楚辞补注》:"乐,鱼教切,欲也。"今音 lè。

③ 体解,指死去。

④ 惩,伤害以使之戒惧。此处读作 cháng,《康熙字典》:"又叶仲良切,音长。"并举此句为例。今音 chéng。

译文 人们各有所好,我唯独爱好把修洁正直作为日常践行的准则。即使身死,我美好高洁的心志也始终不会改变,难道我会因受到伤害而有所畏惧吗?

第 二 章
DIERZHANG

导　读

第二部分，诗人进入幻想世界，描写自己向舜陈词和上下求女的情节，借幻想的世界表达执着追求理想的精神与四处碰壁、生不逢时的痛苦。诗人借女媭的指责之词表明，自己即使遭受祸患也要坚守理想和操守，绝不肯结党营私、追捧恶行。诗人怀抱美德却不被理解，于是向舜陈词，讲述历史上兴亡治乱的事例，得出要仁善正义、体察民众才能享有天下的结论。诗人知道自己所坚守的美德和理想与当世混浊的环境不合，但他毫不后悔，坚持不变。诗人巡行天上，上天下地寻求神女，以此来比喻自己对理想的不懈追求。

陈琴歌诀乐读法音频

（一）

导读　女嬃对诗人进行指责。诗人通过女嬃的指责提出是坚守节操还是随流俗而变节的问题，表现出自己因坚守美德而孤独的境遇。诗人感到不被理解，因而向古时候的贤王大舜陈词，表明自己的心迹。

诵读

nǚ xū zhī chán yuán xī
女媭①之婵媛②兮,

shēn shēn qí lì yú
申申③其詈④予(jia)。

yuē gǔn xìng zhí yǐ wáng shēn xī
曰⑤鲧⑥婞直⑦以亡身⑧兮,

zhōng rán yāo hū yǔ zhī yǔ
终然殀⑨乎羽之野⑩(jya)。 （鱼部）

注释 ① 女媭,屈原的姐姐（王逸注）。或说屈原的侍妾。

② 婵媛,牵引。此处以动作表现关切、担忧的情绪。

③ 申申,重重,反复地。

④ 詈,责骂。

⑤ 曰,说,指以下是女媭说的话。

⑥ 鲧,尧帝的大臣,夏禹的父亲。《山海经》载,鲧为了治理洪水偷走了天帝的神土息壤,于是天帝命令祝融在羽山之郊杀死了鲧。

⑦ 婞,刚强。婞直,刚直。

⑧ 亡身,丧身,指不顾自身安危而丢了性命。

⑨ 殀，早死，不得善终而死。

⑩ 羽之野，羽山之郊。野，此处读作 yǔ，协韵。《集韵》中"野"有"演女切，音与"的读音，是郊外的意思。今音 yě。

译文 女媭牵引着我，反复地责骂我。她说鲧因为刚直而不顾自身安危，最后在羽山的郊野不得善终。

〔明〕 文徵明 《扇面山水图》

> **诵读**
>
> 汝①何博②謇③而好修兮,
>
> 纷独有此姱节④?
>
> 薋菉葹⑤以盈室⑥兮,
>
> 判⑦独离⑧而不服⑨。（无韵）

注释 ① 汝，你，女媭称屈原。

② 博，学识广博。

③ 謇，志行忠直。

④ 姱节，美好的节操。

⑤ 薋、菉、葹，都是恶草名。《楚辞补注》载，三者分别指蒺藜、王刍、卷耳。一说薋是草很多的样子；薋菉葹，指菉、葹恶草很多。比喻恶行。

⑥ 盈室，充满房间。比喻这种风气充满当世的社会环境。

⑦ 判，区别。

⑧ 独离，与众不同。

⑨ 服，用。

译文 你为什么还广博忠直而爱好美洁,独有许多美好的节操?众人都佩戴恶草,你却偏偏与众人截然不同,不肯用恶草做佩饰。

〔宋〕 林椿 《果熟来禽图》

诵读

众①不可户说②兮,
孰云察余③之中情(dzieng)?
世④并举⑤而好朋⑥兮,
夫何茕⑦独而不予⑧听(thyeng)? (耕部)

注释 ① 众,众人。

② 户说,一家一户地去说服。

③ 余,我,指屈原,是女嬃替屈原而说。

④ 世,指世俗之人。

⑤ 并举,相互抬举。

⑥ 朋,朋党,结党营私。

⑦ 茕,孤独。

⑧ 予,我,女嬃自称。

译文 不可能一家一户地去说服,有谁能明白我内心的真意?世俗之人好相互推举、结党营私,你为什么偏偏不听我的劝告?

（二）

吟诵音频　朗读音频

导读　诗人向舜陈词，说自己熟观历史上治乱的规律，由其中得出正直之道。虽然因为自己的正直而与流俗不合，身处危及生命的危险境地，但自己坚持正道，宁死不悔。诗人希望能施展自己的才能，引导楚国实现治理昌明，但生不逢时，心中感到悲凉。

诵读 ①

依前圣以节①中兮,
喟②凭心③而历兹④(tziə)。
济⑤沅、湘⑥以南征⑦兮,
就重华⑧而陈⑨词(ziə)。(之部)

注释 ① 节,节度,节制。

② 喟,叹息。

③ 凭心,愤懑。

④ 兹,此。

⑤ 济,渡。

⑥ 沅、湘,水名。

⑦ 征,行路。

⑧ 重华,舜的名。相传舜死后葬于九疑山,在沅水、湘水的南边。

⑨ 陈,陈述。

译文 依从先贤的标准自我节制,叹息愤懑为何遭遇至此。渡过沅水、湘水向南行进,到舜面前陈说。

〔宋〕 马和之 《月色秋声图》

诵读

启①《九辩》与《九歌》②兮,

夏③康娱④以自纵⑤(tziong)。

不顾难⑥以图⑦后⑧兮,

五子⑨用⑩失⑪乎家巷⑫(heong)。(东部)

注释 ① 启,夏启,禹的儿子。

② 《九辩》《九歌》,乐章名。《山海经》及其注称,《九辩》《九歌》是天帝的乐章,启从天上偷下来用于人间。

③ 夏,此处指夏之子孙太康,启的长子,因沉迷享乐,被有穷氏的首领后羿夺去国政。

④ 康娱,耽于安乐。

⑤ 纵,放纵。

⑥ 难,危难,祸患。

⑦ 图,图谋,考虑。

⑧ 后,后裔。

⑨ 五子，启的儿子五观，一作"武观"，曾发动叛乱。
⑩ 用，因而。
⑪ 失，过失。
⑫ 巷，"鬨"的假借字，战争。家巷，相当于"内讧"，家族内部争斗。

译文 夏启演奏《九辩》与《九歌》，夏之子孙太康耽于安乐、自我放纵。看不到危难也不考虑后代，五观因而发动叛乱，国家内讧相争。

诵读

羿①淫②游以佚③畋④兮，

又好射夫封狐⑤（hua）。

固乱流⑥其鲜终⑦兮，

浞⑧又贪夫厥⑨家⑩（kea）。（鱼部）

注释 ① 羿，后羿，相传是夏代部落有穷氏的首领。

② 淫，过度。

③ 佚，放纵。

④ 畋，打猎。

⑤ 封狐，大狐。

⑥ 乱流，横穿水流渡河，比喻行事违背正道。

⑦ 鲜，少。鲜终，少有好结果。

⑧ 浞，寒浞，相传是后羿的相，派家臣逢蒙杀后羿，并强占后羿的妻子。

⑨ 厥，其，他的。

⑩ 家，指妻子。此处读作 gū，协韵。《集韵》有"古胡切，音姑"的读音。今音 jiā。

译文 后羿沉溺于游戏与狩猎，又喜欢射杀大狐。本来恣肆妄行就少有好结果，寒浞杀后羿夺权，又强占了他的妻子。

〔宋〕 佚名 《田垄牧牛图》

诵读

$\overset{ào}{浇}$①身$\overset{pī\ fú}{被服}$②$\overset{qiáng\ yǔ}{强圉}$③兮,

$\overset{zòng}{纵}$④$\overset{yù\ ér\ bù\ rěn}{欲而不忍}$⑤(njiən)。

$\overset{rì\ kāng\ yú\ ér\ zì\ wàng\ xī}{日康娱而自忘}$⑥兮,

$\overset{jué\ shǒu\ yòng\ fú\ diān\ yǔn}{厥首用夫颠陨}$⑧(hyuən)。(文部)

注释 ① 浇,寒浞的儿子。

② 被服,同"披服",穿戴,引申为倚仗、自恃。

③ 强圉,强猛有力。

④ 纵,放纵。

⑤ 不忍,指不能克制自己的欲望。

⑥ 自忘,忘掉自身安危。

⑦ 首,头。

⑧ 颠陨,掉落。指浇被少康所杀。

译文 寒浞的儿子浇自恃强猛有力,放纵自己的欲望而不能克制。每天沉迷于娱乐而忘掉自身安危,因此被少康杀了头。

诵读

xià jié　zhī cháng wéi　xī
夏桀①之常违②兮，

nǎi suì　yān ér féng yāng
乃遂③焉而逢殃④（iang）。

hòu xīn zhī zū hǎi xī
后⑤辛⑥之菹醢⑦兮，

yīn zōng yòng zhī　bù cháng
殷宗⑧用之⑨不长（diang）。（阳部）

〔宋〕 范宽 《烟岚秋晓图》（局部）

注释 ①桀,夏朝的最后一个君王。

②常违,经常违背正道。

③遂,终究。

④殃,灾祸。

⑤后,君王。

⑥辛,商纣王的名。

⑦菹,酸菜。醢,肉酱。菹醢,这里作动词用,泛指残杀。

⑧殷宗,殷朝的宗祀。

⑨之,一作而。

译文 夏桀经常违背正道,终究遭受了灾祸,被商汤诛灭。纣王辛残杀民众,殷商国祚因而不能长久。

诵读 2

tāng yǔ yǎn ér zhī jìng xī
汤禹俨①而祗②敬兮，

zhōu lùn dào ér mò cuō
周③论道④而莫差⑤（tsheai）。

jǔ xián cái ér shòu néng xī
举贤（才）⑥而授能⑦兮，

xún shéng mò ér bù pō
循绳墨而不颇⑧（phai）。（歌部）

注释 ① 俨，畏惧，指有所戒惧。

② 祗，敬。

③ 周，指周朝文王、武王等君主。

④ 论道，指讲论治国的道理。

⑤ 差，过错。此处读作 cuō。《楚辞补注》："差，旧读作蹉。"今音 chā。

⑥ 举贤，举荐贤能的人才。这一句有两个版本，一种是"举贤才而授能兮"；一种没有"才"字，即"举贤而授能兮"。《楚辞补注》："一云举贤才。"

⑦ 授能，授予有才能的人职位。

⑧ 颇，偏邪。

译文 商汤、夏禹有所敬畏，周朝君主讲论治国的道理而没有差错。推举贤才、任用能臣，遵守法则而不偏邪。

〔宋〕 李迪（传） 《苏武牧羊图》

诵读

huáng tiān wú sī ē xī
皇天无私阿①兮,

lǎn mín dé yān cuò fǔ
览民德②焉错③辅④(biua)。

fú wéi shèng zhé yǐ mào xíng xī
夫维圣哲⑤以茂行⑥兮,

gǒu dé yòng cǐ xià tǔ
苟⑦得用⑧此下土⑨(tha)。(鱼部)

注释 ① 私阿,偏爱,偏私。

② 民德,民众感念其美德的人。

③ 错,同"措",给予。

④ 辅,辅佐,辅助。

⑤ 哲,智慧。

⑥ 茂,盛。茂行,美德。

⑦ 苟,确实。

⑧ 用,享有。

⑨ 下土,指天下。

译文 皇天从不偏私,看谁具有美好的德行,就给予其辅助。只有贤达智慧、德行充盛,才能享有天下。

〔宋〕 李唐 《松湖钓隐图》

诵读 3

zhān qián ér gù hòu xī
瞻①前②而顾后③兮，

xiàng guān mín zhī jì jí
相④观民之计极⑤（giək）。

fú shú fēi yì ér kě yòng xī
夫孰非义而可用⑥兮，

shú fēi shàn ér kě bì
孰非善而可服⑦（biuək）？（职部）

注释 ① 瞻、顾，观看。

② 前，前代，过去。

③ 后，后世，未来。

④ 相，观看，考察。

⑤ 计，计划，考虑。极，准则。民之计极，民众考虑事情的准则。

⑥ 用，施行。下一句中的"服"也是"施行"的意思。

⑦ 服，施行。邓启铜、诸泉注释的《楚辞》中，此处读作 bì，与"极"协韵。今音 fú。

译文 回顾历史，展望未来，考察民众考虑事情的准则。哪有不义、不善而能施行于天下的呢？

诵读

diàn yú shēn ér wēi sǐ xī
阽①余身而危死②兮，

lǎn yú chū qí yóu wèi huǐ
览③余初④其犹未悔（xuə）。

bú liáng záo ér zhèng ruì xī
不量⑤凿⑥而正⑦枘⑧兮，

gù qián xiū yǐ zū huǐ
固前修以菹醢⑨（xə）。（之部）

注释 ① 阽，濒临危险境地。

② 危死，险些死去。

③ 览，看。

④ 初，最初的心志。

⑤ 量，度量。

⑥ 凿，木工所凿的孔。

⑦ 正，调整。

⑧ 枘，木楔，木工削木头的一端用来楔入孔中的木件。此句比喻不能学小人的行径去迎合环境。

⑨ 醢，此处读作huǐ。邓启铜、诸泉注释的《楚辞》中，此处"醢"读作huǐ，与"悔"协韵。今音hǎi。

译文 我濒临危境而险些死去，回顾我最初的心志，仍没有后悔。不度量凿孔而调整木楔，不能学小人行径去迎合环境，这本是前贤被害的原因。

〔宋〕 李嵩 《溪山水阁图》

诵读

曾^①歔欷^②余郁邑兮,

哀朕时之不当^③(tang)。

揽茹^④蕙^⑤以掩涕^⑥兮,

沾^⑦余襟之浪浪^⑧(lang)。(阳部)

注释
① 曾,重叠,即屡次。
② 歔欷,哀泣的声音。
③ 不当,不得当,不恰当,即没有生在举贤授能的时代。此处读作 dāng,与"浪"都属阳部,平声,协韵。今音 dàng。
④ 茹,柔软。
⑤ 蕙,香草名。前文有"杂申椒与菌桂兮,岂维纫夫蕙茝""余既滋兰之九畹兮,又树蕙之百亩""矫菌桂以纫蕙兮,索胡绳之纚纚""既替余以蕙纕兮,又申之以揽茝"。
⑥ 涕,眼泪。
⑦ 沾,沾湿。

⑧ 浪浪，眼泪流淌的样子。此处读作 láng，协韵。《楚辞补注》："浪，音郎。"今音 làng。

译文 我频频哀泣、抑郁忧伤，哀叹自己生不逢时。拿起柔软的蕙草掩面痛哭，眼泪沾湿我的衣襟。

〔宋〕 刘松年 《山馆读书图》

（三）

导读 　　诗人进入幻想世界，他到天上去见天帝，却受到阻隔，四处寻求神女，而没有好的媒人帮助联系。诗人以此隐喻自己在现实中不断碰壁，感叹当世环境嫉贤妒能、善恶不分，无处可实现自己的抱负。这样混浊的环境，诗人是不能忍受与之共处的。

诵读 ①

跪敷①衽②以陈辞兮，
耿③吾既得此中正（tjieng）。
驷④玉虬以乘鹥⑤兮，
溘⑥埃风⑦余上征⑧（tjieng）。（耕部）

〔宋〕 佚名 《秋林观泉图》

注释 ① 敷，铺开。

② 衽，衣服的前襟。

③ 耿，光明。

④ 驷，四匹马拉着的马车，这里用作动词。虬，有角曰龙，无角曰虬。驷玉虬，用四条玉虬驾车。

⑤ 鹥，一种身上有五彩羽毛、凤属的鸟。一说是凤凰的别名。

⑥ 溘，掩，覆盖在上面。

⑦ 埃，尘埃。埃风，挟带尘埃的风。

⑧ 上征，到天上去。

译文 我把衣襟铺开，跪着慷慨陈辞，得到正道，心中豁然开朗。驾驭四条玉虬所拉的凤车，我依托挟带尘埃的风直上天空。

诵读

zhāo fā rèn　yú cāng wú　xī
朝发轫①于苍梧②兮，

xī yú zhì hū xuán pǔ
夕余至乎县圃③（pua）。

yù shǎo liú cǐ líng suǒ xī
欲少留此灵④琐⑤兮，

rì hū hū qí jiāng mù
日忽忽其将暮（mak）。　（鱼铎通韵）

注释　① 轫，放在车轮前的木头，用来制止车轮滚动。发轫，撤去轫木，即出发。

② 苍梧，即九疑山，舜埋葬的地方。

③ 县，同"悬"。县圃，神话中的山名，在昆仑山上。

④ 灵，神灵。

⑤ 琐，门上形如连琐的花纹。灵琐，即神灵的门。

译文　早上从苍梧出发，傍晚到达县圃。打算在神灵门前稍作停留，日头倏忽间快要到傍晚。

> 诵读

吾令羲和①弭②节③兮,

望崦嵫④而勿迫⑤(peak)。

路曼曼⑥其修⑦远兮,

吾将上下而求索⑧(sak)。(铎部)

注释 ① 羲和,神话中以六龙为太阳驾车者。

② 弭,停止,或说按下。

③ 节,鞭子。弭节,停止鞭打拉车的龙,以使载着太阳的车走得慢一些。

④ 崦嵫,神话中太阳所落入之山。

⑤ 迫,迫近。

⑥ 曼曼,远的样子。

⑦ 修,长。

⑧ 求索,寻求,求取。

译文 我命令羲和慢一点赶车,好让太阳不要很快落入崦嵫山。前路漫长遥远,我将上天入地寻求出路。

〔宋〕 郭熙 《窠石平远图》

诵读

饮余马于咸池①兮，

总②余辔乎扶桑③（sang）。

折若木④以拂⑤日兮，

聊⑥逍遥以相羊⑦（jiang）。（阳部）

注释 ① 咸池，神话中池名，太阳在此沐浴。

② 总，这里是系结的意思。

③ 扶桑，神话中太阳栖息的树。

④ 若木，神木名。

⑤ 拂，遮蔽。

⑥ 聊，暂且。

⑦ 逍遥、相羊，徘徊。

译文 让我的马在咸池饮水，将马缰系在扶桑树上。折取若木的树枝来遮挡日光，暂且在此地徘徊。

诵读

qián wàng shū　　shǐ xiān qū xī
前望舒①使先驱兮，

hòu fēi lián　　shǐ bēn zhǔ
后飞廉②使奔属③（tjiok）。

luán huáng wèi yú xiān jiè　xī
鸾④皇⑤为余先戒⑥兮，

léi shī gào yú yǐ wèi jù
雷师⑦告余以未具⑧（gio）。（屋侯通韵）

注释 ① 望舒，神话中月的驾驶者。

② 飞廉，神话中的风伯，即风神。

③ 属，跟随。奔属，跟在后面奔走。

④ 鸾，一种美丽的鸟，凤凰之类。

⑤ 皇，即凰，雌凤。

⑥ 先戒，先行为戒备。

⑦ 雷师，雷神。

⑧ 未具，指出行需要的东西还没有准备齐全。

译文 使月神望舒在前面开路，让风伯飞廉跟在后面奔走。鸾凤为我先行开路，雷神却告诉我还没有准备齐全，不能出行。

诵读

<small>wú lìng fèng niǎo fēi téng xī</small>
吾令凤鸟飞腾兮,

<small>jì zhī yǐ rì yè</small>
继①之以日夜（jyak）。

<small>piāo fēng tún qí xiāng lí xī</small>
飘风②屯③其相离④兮,

<small>shuài yún ní ér lái yà</small>
帅⑤云霓⑥而来御⑦（ngiak）。（铎部）

注释 ① 继，接续。

② 飘风，回风，旋风。

③ 屯，聚合。

④ 离，分离。

⑤ 帅，率领。

⑥ 霓，彩虹的一种。

⑦ 御，迎接。此处读作yà，协韵。《楚辞补注》："御，读若迓。"今音yù。

译文 我命令凤鸟飞腾，夜以继日地赶路。旋风聚散离合，率领云与彩虹前来迎接。

诵读 2

fēn zǒng zǒng qí lí hé xī
纷①总总②其离合③兮，

bān lù luó qí shàng hù
斑④陆离⑤其上下⑥（hea）。

wú lìng dì hūn kāi guān xī
吾令帝阍⑦开关⑧兮，

yǐ chāng hé ér wàng yú
倚阊阖⑨而望予（jia）。（鱼部）

注释 ① 纷，繁盛众多的样子。

② 总总，聚集的样子。

③ 离合，忽离忽合。

④ 斑，纷乱的样子，形容五光十色。

⑤ 陆离，分散。离，此处读作 luó，今音 lí。

⑥ 下，此处读作 hù，协韵。《楚辞补注》："下，音户。"今音 xià。

⑦ 帝，指天帝。帝阍，为天帝守门的神。

⑧ 关，门栓。开关，即开门。

⑨ 阊阖，天门。

译文 来势盛大，忽聚忽散，上下翻转，五光十色。我命令天帝的守门之神打开天门，他倚门望着我，不肯开门。

〔宋〕 佚名 《江上青峰图》

诵读

shí ài ài　　qí jiāng bà　 xī
时暧暧①其将罢②兮，

jié yōu lán ér yán zhù
结幽兰而延伫③（dia）。

shì hùn zhuó ér bù fēn xī
世溷浊④而不分⑤兮，

hào bì měi ér jí dù
好蔽⑥美而嫉妒（tak）。（鱼铎通韵）

注释 ① 暧暧，昏暗不明的样子。

② 罢，结束。

③ 延伫，长久地站立。

④ 溷，乱。溷浊，即混浊。

⑤ 不分，指是非善恶不分。

⑥ 蔽，隐蔽，遮住。

译文 此时光线昏暗，太阳将沉，我编结幽兰长久伫立。世道混乱，是非善恶不分，往往掩蔽美德、嫉妒忠信。

诵读 3

zhāo wú jiāng jì yú bái shuǐ xī
朝吾将济①于白水②兮,

dēng láng fēng ér xiè mǔ
登阆风③而绁马④(mea)。

hū fǎn gù yǐ liú tì xī
忽反顾⑤以流涕兮,

āi gāo qiū zhī wú nǚ
哀高丘⑥之无女⑦(nia)。（鱼部）

注释 ① 济，渡。

② 白水，神话中的水名，发源于昆仑山。

③ 阆风，神话中的山名，在昆仑山上。

④ 绁，系。绁马，系马。马，此处读作 mǔ，协韵。《楚辞补注》："马，满补切。"今音 mǎ。

⑤ 反顾，回头望。

⑥ 高丘，楚国山名。一说在阆风山上。

⑦ 女，指神女。无女，比喻没有与自己同心的人。

译文 早上我将渡过白水，登上阆风山系马驻足。忽然回头眺望并流下眼泪，哀伤高丘没有神女。

诵读

溘^①吾游此春宫^②兮，

折琼枝^③以继佩^④（buə）。

及荣华^⑤之未落^⑥兮，

相^⑦下女^⑧之可诒^⑨（jiə）。（之部）

注释 ① 溘，匆匆。

② 春宫，神话中东方青帝居住的宫殿。

③ 琼，美玉。琼枝，玉树的树枝。

④ 继佩，接续自己的玉佩。

⑤ 荣、华，植物开的花。

⑥ 落，凋落。

⑦ 相，看。

⑧ 下女，下界的女子，指下文宓妃、简狄、有虞二姚。

⑨ 诒，同"贻"，赠送。

译文 我匆匆游历青帝的宫殿,攀折琼枝来接续我的佩饰。趁着花草还未零落,寻访下界的女子赠送给她。

〔宋〕 佚名 《山水图》

诵读

wú lìng fēng lóng chéng yún xī
吾令丰隆①乘云兮，

qiú fú fēi zhī suǒ zài
求宓妃②之所在（dzə）。

jiě pèi xiāng yǐ jié yán xī
解佩纕③以结言④兮，

wú lìng jiǎn xiū yǐ wéi lǐ
吾令蹇修⑤以为理⑥（lia）。（之部）

注释 ① 丰隆，云神。

② 宓妃，传说中伏羲氏的女儿，溺死于洛水，成为洛水之神。

③ 纕，佩带。

④ 结言，指订结盟约。

⑤ 蹇修，传说中伏羲氏的臣子。

⑥ 理，指媒人，使者。

译文 我让云神驾着云，探寻宓妃居住的地方。解下佩饰与佩带来订下誓约，我命蹇修当媒人。

诵读

纷总总其离合兮，
忽纬䌈①其难迁②（tsian）。
夕归次③于穷石④兮，
朝濯⑤发乎洧盘⑥（buan）。（元部）

注释
① 纬䌈，乖戾。
② 迁，改变。难迁，指宓妃的意志难以改变。
③ 次，住宿。
④ 穷石，山名。
⑤ 濯，洗沐。
⑥ 洧盘，神话中的水名，发源于崦嵫山。

译文 纷繁而离合不定，宓妃善变而乖戾，她的意志难以改变。宓妃晚上回穷石住宿，早上在洧盘濯洗秀发。

> **诵读**
>
> bǎo jué měi yǐ jiāo ào xī
> 保①厥美以骄傲兮,
>
> rì kāng yú yǐ yín yóu
> 日康娱以淫游②（jiu）。
>
> suī xìn měi ér wú lǐ xī
> 虽信美而无礼兮,
>
> lái wéi qì ér gǎi qiú
> 来违③弃而改求（giu）。（幽部）

注释 ①保,仗着,倚恃。

② 淫,久。淫游,整日娱乐游戏。

③ 违,放弃。

译文 倚仗她的美貌心高气傲,每天安然享乐游玩无度。虽然她确实美丽但骄傲无礼,故而放弃,去别处寻求。

诵读

lǎn xiàngguān yú sì jí xī
览相观①于四极②兮，

zhōu liú hū tiān yú nǎi hù
周流③乎天余乃下④（hea）。

wàng yáo tái zhī yǎn jiǎn xī
望瑶台⑤之偃蹇⑥兮，

jiàn yǒu sōng zhī yì nǚ
见有娀⑦之佚女⑧（nia）。（鱼部）

注释 ① 览、相、观，三字都是看。

② 四极，四方极远的地方。

③ 周流，周游，走遍。

④ 下，此处读作 hù，协韵。今音 xià。

⑤ 瑶，美玉。瑶台，用玉建造的高台。

⑥ 偃蹇，高的样子。

⑦ 有娀，古代国名。传说有娀氏有两位美女，居住在高台之上，其中一位名叫简狄，后来嫁给了帝喾（即高辛氏），生了契。

⑧ 佚，美。佚女，美女。

译文 考察天下四方极远的地方,在天上走遍后我降到地面上。望见玉台高耸,看到有娀氏的两位美女。

〔宋〕 马远 《山水图》

诵读

wú lìng zhèn   wéi méi xī
吾令鸩①为媒兮,

zhèn gào   yú yǐ bù hǎo
鸩告②余以不好(xu)。

xióng jiū   zhī míng shì   xī
雄鸠③之鸣逝④兮,

yú yóu wù   qí tiāo qiǎo
余犹恶⑤其佻⑥巧⑦(kheu)。（幽部）

注释 ① 鸩,鸟名,羽毛有毒。

② 告,告诉。

③ 鸠,鸟名。

④ 逝,远去。鸣逝,一边鸣叫一边飞去。

⑤ 恶,嫌恶,厌恶。

⑥ 佻,轻佻。

⑦ 巧,巧言令色。

译文 我命鸩去为我做媒,鸩告诉我她的种种不好。雄鸠鸣叫着远去,我想让雄鸠做媒人,又嫌它轻佻浅薄,不可信任。

> **诵读**
>
> xīn yóu yù ér hú yí xī
> 心犹豫而狐疑兮,
>
> yù zì shì ér bù kě
> 欲自适①而不可②(khai)。
>
> fèng huáng jì shòu yí xī
> 凤皇既受诒③兮,
>
> kǒng gāo xīn zhī xiān wǒ
> 恐高辛④之先我(ngai)。(歌部)

注释 ① 适,去往。自适,亲自前去。

② 不可,指不妥。亲自前去追求女子而不经过媒人,在古代不符合礼节。一说距离有娀氏很远,难以到达。

③ 受诒,即受委托,指凤皇受我委托去做媒。

④ 高辛,高辛氏,即帝喾。

译文 我心中犹豫不定、满腹怀疑,想亲自前去又不合礼数。凤皇既受我委托去做媒,又怕帝喾比我提前一步。

诵读

欲远集①而无所止兮，

聊浮游以逍遥（jiô）。

及②少康③之未家兮，

留有虞④之二姚（jiô）。（宵部）

注释 ① 集，鸟栖止在树木上。

② 及，趁着。

③ 少康，夏代后相的儿子。

④ 有虞，国名，姓姚，舜的后代。寒浞使浇杀夏后相，少康逃至有虞，有虞把两个女儿嫁给他。后来少康灭浇，恢复夏的政权。

译文 想要像鸟那样远去他方又无处可以栖止，聊且漫游飘荡。趁着少康还未娶家室，聘定有虞两个姓姚的女儿。

> **诵读**
>
> lǐ ruò ér méi zhuō xī
> 理弱①而媒拙②兮，
>
> kǒng dǎo yán zhī bú gù
> 恐导言③之不固④（ka）。
>
> shì hùn zhuó ér jí xián xī
> 世溷浊而嫉贤兮，
>
> hào bì měi ér chēng wù
> 好蔽美而称恶⑤（ak）。（鱼铎通韵）

注释 ① 弱，劣势。

② 拙，鲁钝。

③ 导言，通达双方意见之言。

④ 不固，不坚固，无力，指不能结成盟约。

⑤ 称，称赞，宣扬。称恶，称扬邪恶。恶，此处读作 wù，与"固"协韵。今音 è。

译文 使者无能，媒人鲁钝，恐怕传达之言不能让人信服，盟约难以结成。时世混乱，嫉妒贤良，往往遮蔽美善、称扬邪恶。

诵读

guī zhōng jì yǐ suì yuǎn xī
闺①中既以邃远②兮，

zhé wáng yòu bú wù
哲③王又不寤④（nga）。

huái zhèn qíng ér bù fā xī
怀朕情而不发兮，

yú yān néng rěn yǔ cǐ zhōng gù
余焉能忍⑤与此终古⑥（ka）！（鱼部）

注释 ① 闺，宫中小门。

② 邃，深。邃远，深远。

③ 哲，智慧。

④ 寤，觉醒。

⑤ 忍，忍耐。

⑥ 终古，永久。古，此处读作 gù。《楚辞释文》："古，音故。"今音 gǔ。

译文 宫闱如此深远，明君也不能觉悟。我心怀衷情而不得抒发，怎能忍受永久处于这混浊的环境之中！

第三章

DISANZHANG

导　读

第三部分，诗人主要表现了去与留的矛盾，体现出深沉的爱国之情。诗人借灵氛、巫咸的占卜，申述楚国环境的颠倒黑白、混浊不堪。楚国的统治者和社会环境排挤贤才，曾经的贤德之人也大多随流俗而变质，抛弃了美德，与奸恶之众同流合污。灵氛、巫咸劝说诗人离开楚国远行，诗人已经感到楚国不可挽救，但总是在去留之间犹豫彷徨，矛盾不已。最后他依然眷恋故国，不忍离去，显示出深厚的爱国之情。

陈琴歌诀乐读法音频

（一）

吟诵音频　朗读音频

导读　诗人命灵氛为自己占卜，通过灵氛的占卜，陈述当世颠倒黑白、毁弃贤才的境况。灵氛劝说诗人离开楚国，远行他处。诗人听了灵氛的占卜，既心知自己在楚国遭受排挤、处境危险，又对故国心怀眷恋，犹豫是去是留，于是又找巫咸占卜。

诵读

索①藑茅②以③筳④篿⑤兮，
命灵氛⑥为余占之（tjiə）。
曰⑦两美其必合⑧兮，
孰⑨信修而慕之（tjiə）？（之部）

注释
① 索，取。
② 藑茅，灵草名。《离骚草木疏》载，其指菖，一种蔓生植物。
③ 以，和。
④ 筳，折的小竹枝。
⑤ 篿，楚人用结草折竹来占卜。
⑥ 灵氛，古代善于占卜的人。
⑦ 曰，说，指后文是灵氛叙述占卜结果。
⑧ 两美其必合，两种美好的事物一定能会合。
⑨ 孰，谁。

译文 取葽茅和竹枝,让灵氛为我占卜。灵氛说:两种美好事物一定能会合,哪个真正美好的人不会得人思慕?

〔清〕 萧晨 《杨柳暮归图》

诵读

思九州之博大兮，

岂①唯②是③其有女（nia）？

曰④勉远逝而无狐疑兮，

孰求美而释女⑤（njia）？（鱼部）

注释 ① 岂，难道。

② 唯，只有。

③ 是，这里，指楚国。

④ 曰，说，指后文是灵氛由占卜推论而劝说屈原的话。

⑤ 女，同"汝"，你，此处指屈原。释女，舍掉你。

译文 想想九州之地如此广大，难道只有这里有神女吗？他说勉力远走，不要迟疑，哪个追求美好的人会把你舍弃？

诵读

hé suǒ dú wú fāng cǎo xī
何所独无芳草①兮，

ěr hé huái hū gù yǔ
尔②何怀③乎故宇④（hiua）？

shì yōu mèi yǐ xuàn yào xī
世幽昧以眩曜⑤兮，

shú yún chá yú zhī shàn wù
孰云察余⑥之善恶⑦（ak）？（鱼铎通韵）

注释 ① 芳草，比喻美好的女子。

② 尔，你，此处指屈原。

③ 怀，思恋。

④ 故宇，故居。

⑤ 眩曜，迷惑混乱的样子。

⑥ 余，我，灵氛代屈原自称。

⑦ 恶，此处读作 wù，与"宇"协韵。今音 è。

译文 哪里没有芬芳的花草，你何必思恋故居？世道昏暗，迷惑混乱，谁说能明白我的善恶？

诵读

民好①恶②其不同兮,

惟此党人其独异(jiək)。

户③服④艾⑤以盈⑥要⑦兮,

谓幽兰⑧其⑨不可佩(buə)。（职之通韵）

注释 ① 好,喜爱。

② 恶,厌憎。

③ 户,家家户户。

④ 服,佩戴

⑤ 艾,恶草。《楚辞补注》引王逸注,即白蒿。

⑥ 盈,满。

⑦ 要,古代的"腰"字。

⑧ 幽兰,香草名。

⑨ 其,表示强调语气。

译文 人们的好恶原本就不一致，而这批结党营私的小人好恶尤为特殊。家家户户将恶草挂满腰间，反而说幽兰不能做佩饰，颠倒黑白，混淆美恶。

〔宋〕 阎次于 《山村归骑图》

诵读

lǎn chá cǎo mù qí yóu wèi dé xī
览察①草木其犹未得兮，

qǐ chéng měi zhī néng dāng
岂珵②美之能当（tang）？

sū fèn rǎng yǐ chōng wéi xī
苏③粪壤④以充⑤帏⑥兮，

wèi shēn jiāo qí bù fāng
谓申椒其不芳（phiuang）。（阳部）

注释 ① 览、察，观看，观察。

② 珵，美玉。

③ 苏，取。

④ 壤，土。粪壤，粪土。

⑤ 充，满。

⑥ 帏，香囊。

译文 这些人连草木的美恶都不能辨别，又怎么能鉴别美玉呢？他们拾取粪土装满香囊，说申椒不芳香。

（二）

吟诵音频　朗读音频

导读　巫咸为诗人进行占卜，劝说诗人去别处寻找有识人之明的君王。世道是非颠倒，混浊不堪，诗人知道像自己这样立身高洁之人应趁时机还不晚，及时远去。

〔宋〕　夏圭（传）　《溪山清远图》（局部）

诵读

yù cóng líng fēn zhī jí zhān xī
欲从①灵氛之吉占②兮，

xīn yóu yù ér hú yí
心犹豫而狐疑（ngiə）。

wū xián jiāng xī jiàng xī
巫咸③将夕降④兮，

huái jiāo xǔ ér yāo zhī
怀⑤椒⑥糈⑦而要⑧之（tjiə）。（之部）

注释 ① 欲从，想要听从，指听从灵氛的劝告而远逝。

② 吉占，前文有"索藑茅以筳篿兮，命灵氛为余占之"，"吉

占"指前文灵氛占卜的"两美必合"。

③ 巫咸，古代神巫，名咸。

④ 降，下。

⑤ 怀，藏。

⑥ 椒，香物，用以降神。

⑦ 糈，精米，用来享神。

⑧ 要，迎。

译文 我想要听从灵氛吉祥的卜辞，心里还彷徨犹豫、半信半疑。巫咸傍晚时分降下，我怀揣椒与精米前往迎候，再请巫咸占卜。

诵读

百神翳^①其备^②降兮，

九疑^③缤^④其并迎（ngyang）。

皇^⑤剡剡^⑥其扬灵^⑦兮，

告余以吉故^⑧（ka）。（阳鱼通韵）

注释 ① 翳，遮蔽。

② 备，全部。

③ 九疑，指九疑山的神。

④ 缤，盛大、众多的样子。

⑤ 皇，指百神。或说指皇天。

⑥ 剡剡，光辉的样子。

⑦ 扬灵，显扬光灵。

⑧ 故，缘故。

译文 众神遮天蔽日地全部降临，九疑山的神也纷纷来迎接。百神光辉煌煌、显扬光灵，告诉我这是吉善的缘故。

> **诵读**
>
> yuē miǎn shēng jiàng yǐ shàng xià xī
> 曰①勉②陞降③以上下兮,
>
> qiú jǔ huò zhī suǒ tóng
> 求矩矱之所同④(dong)。
>
> tāng yǔ yán ér qiú hé xī
> 汤、禹严⑤而求合⑥兮,
>
> zhì gāo yáo ér néng tiáo
> 挚⑦、咎繇⑧而能调⑨(dyu)。（东幽合韵）

注释 ① 曰，指后文是巫咸说的话。"曰"字以下至"使夫百草为之不芳"句，都是巫咸的话。

② 勉，勉力。

③ 陞降、上下，即前文"上下求索"的意思，上天入地，周游寻找。

④ 矩矱，法度。矩矱之所同，指志同道合的人。

⑤ 严，尊敬。

⑥ 合，指能和自己相合、帮助治理天下的人。

⑦ 挚，伊尹的名，商汤时的贤相。

⑧ 咎繇，即皋陶，舜、禹时的贤臣。

⑨ 调，调和，协调。

译文 巫咸说勉力上天入地周游四方，只为寻求志同道合的人。商汤、夏禹尊敬地寻求能和自己相合、帮助治理天下的人，伊尹、皋陶得以与之调和共济、安定天下。

〔宋〕 佚名 《胆瓶秋卉图》

> **诵读**
>
> gǒu zhōng qíng qí hào xiū xī
> 苟①中情②其好修兮，
>
> yòu hé bì yòng fú háng méi
> 又何必用夫行媒③（muə）。
>
> yuè cāo zhù yú fù yán xī
> 说④操筑⑤于傅岩⑥兮，
>
> wǔ dīng yòng ér bù yí
> 武丁⑦用而不疑（ngiə）。（之部）

注释 ① 苟，确实。

② 中情，内心。

③ 行媒，专门从事做媒的人，指君臣相识的媒介。行，此处读作 háng。后文有"蜷局顾而不行"，其中"行"与"乡"协韵。今音 xíng。

④ 说，即傅说，商朝武丁时的贤相。传说，傅说坚持道德而遭受刑罚，在傅岩操杵筑墙，武丁任用他为相，从而国家治理昌明。

⑤ 筑，建筑用的杵。

⑥ 傅岩，地名。

⑦ 武丁，殷高宗名。

译文 只要内心喜爱美好，心志相合的人自能相遇，不必通过媒介。傅说在傅岩操杵筑墙，武丁任用他为相，毫无猜疑。

〔宋〕 佚名 《丛菊图》

诵读

吕望①之鼓刀②兮，(lǔ wàng zhī gǔ dāo xī)

遭周文而得举（kia）。(zāo zhōu wén ér dé jǔ)

宁戚③之讴歌兮，(nìng qī zhī ōu gē xī)

齐桓闻以该辅④（biua）。（鱼部）(qí huán wén yǐ gāi fǔ)

注释 ① 吕望，即太公姜尚。曾在朝歌为屠宰，后遇周文王，被举为师。

② 鼓，鸣。鼓刀，鸣刀，屠宰时必敲击其刀发出声响，所以称鼓刀。

③ 宁戚，春秋时人，修养德行而不被任用，退而成为商人，住在齐国东门外，在喂牛时敲击牛角而歌，齐桓公外出时听见了，知道他是贤人，任用他为卿。

④ 该，备。该辅，备为辅佐。

译文 姜太公曾鸣刀屠宰，遇到周文王而得到重用。宁戚喂牛时敲击牛角高歌，齐桓公听到后让他入朝辅佐。

诵读

jí nián suì zhī wèi yàn xī
及年岁之未晏①兮,

shí yì yóu qí wèi yāng
时亦犹其未央②(iang)。

kǒng tí jué zhī xiān míng xī
恐鹈鴂③之先鸣兮,

shǐ fú bǎi cǎo wèi zhī bù fāng
使夫百草为之不芳(phiuang)。(阳部)

注释 ① 晏,晚。

② 央,尽。

③ 鹈鴂,鸟名,即杜鹃。或说伯劳,它鸣叫的时节百花凋谢。

译文 趁年龄还不算太大,时间也尚未耗尽。唯恐鹈鴂早早鸣叫,使百草凋谢,不再芳香。

> **诵读**
>
> hé qióng pèi zhī yǎn jiǎn xī
> 何琼佩①之偃蹇②兮，
>
> zhòng ài rán ér piē zhī
> 众薆然③而蔽④（piat）之。
>
> wéi cǐ dǎng rén zhī bú liàng xī
> 惟此党人之不谅⑤兮，
>
> kǒng jí dù ér zhé zhī
> 恐嫉妒而折⑥（tjiat）之⑦。（月部）

注释 ① 琼佩，琼玉的佩饰。比喻美德。

② 偃蹇，众多繁盛的样子。

③ 薆然，掩蔽的样子。

④ 蔽，此处读作 piē，与"折"协韵。《康熙字典》："又匹蔑切，音撇。"今音 bì。

⑤ 谅，诚信。不谅，没有诚信。

⑥ 折，摧折，毁坏。

⑦ 之，指琼佩。

译文 为何玉佩那么繁盛高贵，人们却把它掩蔽。只是这些结党营私之徒不诚信，恐怕会出于嫉妒将它毁坏。

诵读

时缤纷①其变易②兮，

又何可以淹③留（liu）？

兰芷变而不芳④兮，

荃蕙⑤化而为茅⑥（meu）。（幽部）

注释
① 缤纷，纷乱的样子。

② 变易，变化。

③ 淹，久。

④ 芳，香。

⑤ 蕙，香草名。前文有"杂申椒与菌桂兮，岂维纫夫蕙茝""余既滋兰之九畹兮，又树蕙之百亩""矫菌桂以纫蕙兮，索胡绳之纚纚""既替余以蕙纕兮，又申之以揽茝""揽茹蕙以掩涕兮，沾余襟之浪浪"。

⑥ 茅，恶草名。《离骚草木疏》引《说文》称，茅即菅，陶隐居认为是白茅。

译文 时世纷乱多变,又有什么理由长久逗留?兰、芷变得不再芳香,荃、蕙化为茅草。

〔宋〕 佚名 《梨花鹦鹉图》

（三）

导读 诗人进一步审视自己，思索去留问题。不仅世俗毁弃贤才，还有许多曾经被称为贤才者自甘堕落。自己不随流俗改变，坚持本心，应当及时离去。

> _{hé xī rì zhī fāng cǎo xī}
> 何昔日之芳草兮，
>
> _{jīn zhí wéi cǐ xiāo ài yě}
> 今直①为此萧艾②（ngat）也？
>
> _{qǐ qí yǒu tā gù xī}
> 岂其有他故③兮，
>
> _{mò hào xiū zhī hài yě}
> 莫④好修之害⑤（hat）也。（月部）

注释 ① 直，太甚。

② 萧、艾，贱草名。萧，《楚辞补注》称，其指香蒿，在古代用于祭祀。

③ 他故，别的缘由。

④ 莫，不肯。

⑤ 害，弊端，害处。

译文 为什么曾经的香草，如今竟变为萧、艾？难道还有别的缘由，这是不喜好修洁带来的危害。

> **诵读**
>
> yú yǐ lán wéi kě shì xī
> 余以兰①为可恃②兮,
>
> qiāng wú shí ér róng cháng
> 羌无实③而容长④(diang)。
>
> wěi jué měi yǐ cóng sú xī
> 委⑤厥美以从俗⑥兮,
>
> gǒu dé liè hū zhòng fāng
> 苟得列乎众芳(phiuang)。(阳部)

注释 ① 兰,香草名。一说影射楚怀王的小儿子、楚顷襄王的弟弟子兰。秦昭王骗楚怀王去秦国会盟,屈原劝阻,子兰则劝怀王前去,结果怀王遭到秦兵埋伏而被扣留,最后死于秦国。

② 恃,依靠。

③ 无实,无实材。

④ 容长,美丽的外表。

⑤ 委,弃掉。

⑥ 从俗,跟从世俗。

译文 我以为兰草可以依靠,它却没有高尚的内在品质而虚有美丽的外貌。丢弃它的美好品质而跟从世俗,苟且列入芳草之中。

> jiāo zhuān nìng yǐ màn tāo xī
> 椒①专②佞以慢慆③兮，
>
> shā yòu yù chōng fú pèi wéi
> 榝④又欲充夫佩帏⑤（hiuəi）。
>
> jì gàn jìn ér wù rù xī
> 既干进⑥而务入兮，
>
> yòu hé fāng zhī néng zhī
> 又何芳之能祇⑦（tjiei）？（微脂合韵）

注释 ① 椒，香木名。一说影射楚国大夫子椒。

② 专，专擅。

③ 慢慆，傲慢。

④ 榝，恶草名，长得像椒。《离骚草木疏》认为，其指蔓椒，像茱萸但比茱萸小，无香气。

⑤ 帏，香囊。

⑥ 干进、务入，指钻营求进。

⑦ 祇，敬。

译文 椒专擅而傲慢，榝又想混入佩带的香囊。既然一心只想钻营求进、追求名位，又怎会对美好的品格有敬意？

诵读

gù shí sú zhī liú cóng xī
固时俗之流从①兮,

yòu shú néng wú biàn huà
又孰能无变化(xoai)?

lǎn jiāo lán qí ruò zī xī
览椒兰其若兹兮,

yòu kuàng jiē jū yǔ jiāng lí
又况揭车②与江离(liai)。(歌部)

注释 ① 流从,类似随波逐流,比喻跟从恶行就像从水而流。

② 揭车、江离,香草名,作为香草比椒、兰差一些。车,此处读作 jū。今音 chē

译文 本来时俗就随波逐流,又有谁能坚定本心不变?看到椒和兰也是这样,又何况揭车和江离。

> **诵读**
>
> wéi zī pèi zhī kě guì xī
> 惟兹佩①之可贵兮，
>
> wěi jué měi ér lì zī
> 委②厥美③而历兹④。
>
> fāng fēi fēi ér nán kuī xī
> 芳菲菲而难亏⑤兮，
>
> fēn zhì jīn yóu wèi mèi
> 芬至今犹未沬⑥。（无韵）

注释 ① 兹，此。兹佩，此佩。

② 委，指被人废弃。

③ 厥美，指此佩之美。

④ 历，逢。历兹，至此。

⑤ 亏，歇。

⑥ 沬，昏昧，泯没。

译文 想到这玉佩如此可贵，它虽有美好的品质却被废弃至此。芳香浓郁，难以消损，芬芳到如今还未消散。

诵读

和①调度②以自娱兮，

聊浮游而求女③（nia）。

及余饰之方④壮⑤兮，

周流⑥观乎上下⑦（hea）。（鱼部）

注释 ① 和，调和。

② 调度，格调和法度。

③ 女，比喻与自己有相同志向的人。

④ 方，正当。

⑤ 壮，美盛的样子。

⑥ 周流，周游。

⑦ 上下，类似天地四方。下，此处读作 hù，协韵。今音 xià。

译文 调节自我来自己娱乐，姑且漫游寻找知己。趁我的佩饰正美丽繁盛，到天地四方游历观览。

（四）

吟诵音频　朗读音频

导读　诗人反复思索去与留，在去留的矛盾之间犹豫彷徨。诗人本决心要离去，最后仍深深眷恋楚国，不忍离去。

〔宋〕赵芾　《江山万里图》(局部)

诵读

líng fēn jì gào yú yǐ jí zhān xī
灵氛既告余以吉占兮[①]，

lì jí rì hū wú jiāng háng
历[②]吉日乎吾将行[③]（heang）。

zhé qióng zhī yǐ wéi xiū xī
折琼[④]枝以为羞[⑤]兮，

jīng qióng mí yǐ wéi zhāng
精[⑥]琼靡[⑦]以为粻[⑧]（tiang）。（阳部）

注释 ① "灵氛既告余以吉占兮，历吉日乎吾将行"，前文有"欲从灵氛之吉占兮，心犹豫而狐疑"，至此诗人经过犹豫与思考，下定决心将要远行。

② 历,选择。

③ 行,此处读作 háng,协韵。《楚辞补注》:"行,胡郎切,叶韵。"今意为"走"时音 xíng。

④ 琼,琼玉。

⑤ 羞,有滋味的食物。

⑥ 精,捣细。

⑦ 靡,碎屑。

⑧ 粻,粮食。

译文 灵氛已告诉我吉祥的卦辞,选好良辰吉日,我即将出发。折取玉树枝条作为美味的食物,捣细玉屑作为粮食。

诵读

wèi yú jià fēi lóng xī
为余驾飞龙①兮,

zá yáo xiàng yǐ wéi jū
杂瑶②象③以为车④(kia)。

hé lí xīn zhī kě tóng xī
何离心⑤之可同兮,

wú jiāng yuǎn shì yǐ zì shū
吾将远逝⑥以自疏⑦(shia)。（鱼部）

注释 ① 驾飞龙，以飞龙驾车。

② 瑶，美玉。

③ 象，象牙。

④ 车，此处读作 jū，与"疏"协韵。今音 chē。

⑤ 离心，指意见不合。

⑥ 远逝，远去。

⑦ 自疏，自己疏远。

译文 为我驾起飞龙，用美玉和象牙制成车。意见不合如何能同处，我将远去离开。

> **诵读**
>
> zhān wú dào fú kūn lún xī
> 邅①吾道夫昆仑②兮，
>
> lù xiū yuǎn yǐ zhōu liú
> 路修远以周流（liu）。
>
> yáng yún ní zhī ǎn ǎi xī
> 扬③云霓④之晻蔼⑤兮，
>
> míng yù luán zhī jiū jiū
> 鸣玉鸾⑥之啾啾⑦（tziu）。（幽部）

注释 ① 邅，转。

② 昆仑，神话中的神山。

③ 扬，举起。

④ 云霓，即虹，以云霓为旗。

⑤ 晻蔼，荫蔽的样子，形容旌旗众多、遮天蔽日。

⑥ 玉鸾，车上作鸾鸟形的玉铃。

⑦ 啾啾，鸣声，形容玉铃响声像鸾凤的鸣叫声。

译文 我转道向昆仑山，路途遥远曲折难行。扬起云霓的旌旗遮天蔽日，鸾鸟形的玉铃啾啾作响。

> **诵读**
>
> zhāo fā rèn yú tiān jīn xī
> 朝发轫于天津①兮,
>
> xī yú zhì hū xī jí
> 夕余至乎西极②(giək)。
>
> fèng huáng yì qí chéng qí xī
> 凤皇翼③其承旂④兮,
>
> gāo áo xiáng zhī yì yì
> 高翱翔⑤之翼翼⑥(jiək)。（职部）

注释 ① 天津，天河的渡口。

② 西极，西边极远的地方。

③ 翼，尊敬的样子。

④ 旂，旗，指画着交叉龙形的旗。或说画龙虎的旗。

⑤ 翱翔，鸟高飞。

⑥ 翼翼，飞翔的样子。

译文 早上由东边的天河渡口出发，晚上我到达西边极远的地方。凤凰庄严敬穆，承载着龙旗，高高飞翔。

诵读

忽吾行此流沙①兮，

遵赤水②而容与③（jia）。

麾④蛟龙使梁⑤津⑥兮，

诏西皇⑦使涉予⑧（jia）。（鱼部）

注释
① 流沙，指西方的沙漠地带，此地沙流如水。
② 赤水，神话中的水名，发源于昆仑山。
③ 容与，徘徊不前，指被赤水阻挡。一说从容不迫。
④ 麾，指挥。
⑤ 梁，桥，此处指架桥。
⑥ 津，渡口。
⑦ 西皇，西方的神少皞。
⑧ 涉，渡。使涉予，让他渡我过去。

译文 我忽然走到流沙，沿着赤水徘徊不前。指挥蛟龙在渡口间架起桥，命令少皞渡我过去。

诵读

路修远以多艰兮,
腾①众车②使径待③(də)。
路不周④以左转兮,
指西海⑤以为期⑥(giə)。（之部）

注释 ① 腾，越过。

② 车，此处读作 jū。今音 chē。

③ 径，小路。待，等待。待，此处读作 dì，协韵。《康熙字典》："又叶杜兮切。"今音 dài。径待，走小路到前面等待我。

④ 不周，即不周山，神话中的山名，在昆仑山西北。

⑤ 西海，神话中西北方的海。据《山海经》载，不周山在西北海之外。

⑥ 期，指遥远的相会目的地。

译文 路途遥远而艰难重重，令众车先过，从小路上超越至前面等待我。路过不周山向左行，遥指西海作为相会地点。

诵读

tún yú jū qí qiān shèng xī
屯①余车②其千乘③兮，

qí yù dài ér bìng chí
齐玉轪④而并驰（diai）。

jià bā lóng zhī wǎn wǎn xī
驾八龙之婉婉⑤兮，

zài yún qí zhī wēi yí
载云旗⑥之委蛇⑦（jiai）。（歌部）

注释 ① 屯，聚集。

② 车，此处读作 jū。今音 chē。

③ 千乘，极言车之多。

④ 轪，林家骊译注《楚辞》注称，指车辖，即车轮与车轴固定在一起的插栓。

⑤ 婉婉，同"蜿蜿"，此处形容龙身游动的样子。

⑥ 云旗，以云霓为旗。

⑦ 委蛇，逶迤，此处指旗随风卷曲伸展的样子。

译文 我的车队聚集起来有千驾之多，使玉轮列齐，并驾齐驱。驾着蜿蜒游动的八条飞龙，载着随风飘动的云霓旗帜。

诵读

yì zhì ér mǐ jié xī
抑志而弭节兮，

shén gāo chí zhī miǎomiǎo
神高驰之邈邈①（meôk）。

zòu jiǔ gē ér wǔ sháo xī
奏《九歌》②而舞《韶》③兮，

liáo xiá rì yǐ yú yào
聊假日④以媮⑤乐⑥（lôk）。（药部）

注释 ① 邈邈，辽远的样子。

② 《九歌》，禹时的音乐名。

③ 《韶》，即《九韶》，舜时的音乐名。

④ 假日，假借时日。假，此处读作 xiá。"假"的上古音在鱼部，平声。一本作"暇"，"假""暇"两字在古时候是通用的。今音 jiǎ。

⑤ 媮，愉悦。

⑥ 乐，此处读作 yào。今音 lè。

译文 抑制心志，缓缓前进，神思飞扬到辽远之处。弹奏《九歌》和《九韶》并应音乐起舞，聊且借这时光愉悦快乐。

> **诵读**
>
> zhì shēng huáng zhī hè xì xī
> 陟①陞 皇②之赫戏③兮,
>
> hū lín nì fú jiù xiāng
> 忽临④睨⑤夫旧乡⑥(xiang)。
>
> pú fū bēi yú mǎ huái xī
> 仆夫⑦悲余马怀⑧兮,
>
> quán jú gù ér bù háng
> 蜷局⑨顾而不行⑩(heang)。　(阳部)

注释 ①陟,登,上升。

②皇,即皇天,广大的天空。

〔宋〕 张择端 《清明上河图》(局部)

③ 赫戏，光明的样子。

④ 临，居高临下。

⑤ 睨，旁视，斜视。

⑥ 旧乡，故乡。

⑦ 仆夫，车夫。

⑧ 怀，思恋。

⑨ 蜷局，蜷缩的样子。以车夫和马怀恋故乡衬托自己的心情。

⑩ 行，此处读作 háng，协韵。《楚辞补注》："行，胡郎切，叶韵。"今意为"走"时音 xíng。

译文 登上光明浩大的天空，忽然居高临下瞥见故乡。车夫悲伤，我的马思恋，蜷缩回顾不肯前行。

尾 声
WEISHENG

导 读

全诗的结尾，既表达了诗人所追求的"美政"理想以及理想不得实现、不被理解的悲哀，也突显出其并不因境遇而改变的爱国之情和人格精神。诗人虽遭遇坎坷，但并不随混浊的流俗而改变自己的操守，坚持追求人格的自我完善。诗人虽不被楚国黑暗的环境所容，但仍始终保持对祖国的深沉热爱，表达了崇高的爱国精神。

陈琴歌诀乐读法音频

吟诵音频　朗读音频

诵读

乱①曰：

已矣哉②！

国无人莫我知兮，

又何怀乎故都（ta）？

既莫足与为美政③兮，

吾将从彭咸之所居（kia）。（鱼部）

注释 ① 乱，指以下是尾声。

② 已矣哉，绝望之辞，类似说"算了吧"。

③ 美政，指屈原提出的变法革新的政治主张。

译文 尾声：算了吧！国中没有贤士，无人理解我，又何必眷恋故国？既然没有人能与我一起致力于政治革新，我将追随彭咸到他栖息的居所去。

《离骚》全文诵读版

陈琴歌诀乐读法音频（全文版）

第一章

（一）

①

dì gāo yáng zhī miáo yì xī　　zhèn huáng kǎo yuē bó yōng
帝高阳之苗裔兮，朕皇考曰伯庸（jiong）。
shè tí zhēn yú mèng zōu xī　　wéi gēng yín wú yǐ hóng
摄提贞于孟陬兮，惟庚寅吾以降（heung）。（东冬合韵）
huáng lǎn kuí yú chū dù xī　　zhào cì yú yǐ jiā míng
皇览揆余初度兮，肇锡余以嘉名（mieng）。
míng yú yuē zhèng zé xī　　zì yú yuē líng jūn
名余曰正则兮，字余曰灵均（kiuen）。（耕真合韵）

②

fēn wú jì yǒu cǐ nèi měi xī　　yòu chóng zhī yǐ xiū nài
纷吾既有此内美兮，又重之以修能（nə）。
hù jiāng lí yǔ pì zhǐ xī　　rèn qiū lán yǐ wéi pèi
扈江离与辟芷兮，纫秋兰以为佩（buə）。（之部）
yù yú ruò jiāng bù jí xī　　kǒng nián suì zhī bù wú yǔ
汩余若将不及兮，恐年岁之不吾与（jia）。
zhāo qiān pí zhī mù lán xī　　xī lǎn zhōu zhī sù mǔ
朝搴阰之木兰兮，夕揽洲之宿莽（ma）。（鱼部）
rì yuè hū qí bù yān xī　　chūn yǔ qiū qí dài xù
日月忽其不淹兮，春与秋其代序（zia）。
wéi cǎo mù zhī líng luò xī　　kǒng měi rén zhī chí mù
惟草木之零落兮，恐美人之迟暮（mak）。（鱼铎通韵）
bù fǔ zhuàng ér qì huì xī　　hé bù gǎi hū cǐ dù
不抚壮而弃秽兮，何不改乎此度（dak）？
chéng qí jì yǐ chí chěng xī　　lái wú dǎo fū xiān lù
乘骐骥以驰骋兮，来吾道夫先路（lak）！（铎部）

（二）

①

昔三后之纯粹兮，固众芳之所在（dzə）。
杂申椒与菌桂兮，岂维纫夫蕙茝（thjiə）？（之部）
彼尧舜之耿介兮，既遵道而得路（lak）。
何桀纣之猖披兮，夫唯捷径以窘步（ba）。（铎鱼通韵）
惟夫党人之偷乐兮，路幽昧以险隘（ek）。
岂余身之惮殃兮，恐皇舆之败绩（tzyek）。（锡部）

②

忽奔走以先后兮，及前王之踵武（miua）。
荃不察余之中情兮，反信谗而齌怒（na）。（鱼部）
余固知謇謇之为患兮，忍而不能舍（sjya）也。
指九天以为正兮，夫唯灵修之故（ka）也。（鱼部）
［曰黄昏以为期兮，羌中道而改路。］
初既与余成言兮，后悔遁而有他（thai）。
余既不难夫离别兮，伤灵修之数化（xoai）。（歌部）

（三）

①

余既滋兰之九畹兮，又树蕙之百亩（mə）。
畦留夷与揭车兮，杂杜衡与芳芷（tjiə）。（之部）
冀枝叶之峻茂兮，愿俟时乎吾将刈（ngiat）。
虽萎绝其亦何伤兮，哀众芳之芜秽（iuat）。（月部）
众皆竞进以贪婪兮，凭不厌乎求索（sak）。

羌内恕己以量人兮，各兴心而嫉妒（tak）。（铎部）
忽驰骛以追逐兮，非余心之所急（kiəp）。
老冉冉其将至兮，恐修名之不立（liəp）。（缉部）

②

朝饮木兰之坠露兮，夕餐秋菊之落英（yang）。
苟余情其信姱以练要兮，长颔颔亦何伤（sjiang）？（阳部）
揽木根以结茝兮，贯薜荔之落蕊（njiuai）。
矫菌桂以纫蕙兮，索胡绳之纚纚（shiai）。（歌部）
謇吾法夫前修兮，非世俗之所服（biuək）。
虽不周于今之人兮，愿依彭咸之遗则（tzək）。（职部）

（四）

长太息以掩涕兮，哀民生之多艰（keən）。
余虽好修姱以鞿羁兮，謇朝谇而夕替（thyet）。（文质合韵）
既替余以蕙纕兮，又申之以揽茝（thjiə）。
亦余心之所善兮，虽九死其犹未悔（xuə）。（之部）
怨灵修之浩荡兮，终不察夫民心（siəm）。
众女嫉余之蛾眉兮，谣诼谓余以善淫（jiəm）。（侵部）
固时俗之工巧兮，偭规矩而改错（tsak）。
背绳墨以追曲兮，竞周容以为度（dak）。（铎部）
忳郁邑余侘傺兮，吾独穷困乎此时（zjie）也。
宁溘死以流亡兮，余不忍为此态（thə）也。（之部）
鸷鸟之不群兮，自前世而固然（njian）。
何方圜之能周兮，夫孰异道而相安（an）？（元部）

屈心而抑志兮，忍尤而攘诟（xo）。
伏清白以死直兮，固前圣之所厚（ho）。（侯部）

（五）

悔相道之不察兮，延伫乎吾将反（piuan）。
回朕车以复路兮，及行迷之未远（hiuan）。（元部）
步余马于兰皋兮，驰椒丘且焉止息（siək）。
进不入以离尤兮，退将复修吾初服（biuək）。（职部）
制芰荷以为衣兮，集芙蓉以为裳（zjiang）。
不吾知其亦已兮，苟余情其信芳（phiuang）。（阳部）
高余冠之岌岌兮，长余佩之陆离（liai）。
芳与泽其杂糅兮，唯昭质其犹未亏（khiuai）。（歌部）
忽反顾以游目兮，将往观乎四荒（xuang）。
佩缤纷其繁饰兮，芳菲菲其弥章（tjiang）。（阳部）
民生各有所乐兮，余独好修以为常（zjiang）。
虽体解吾犹未变兮，岂余心之可惩（diəng）？（阳蒸合韵）

第二章

（一）

女媭之婵媛兮，申申其詈予（jia）。
曰鲧婞直以亡身兮，终然殀乎羽之野（jya）。（鱼部）
汝何博謇而好修兮，纷独有此姱节？
薋菉葹以盈室兮，判独离而不服。（无韵）

众不可户说兮，孰云察余之中情（dzieng）？
世并举而好朋兮，夫何茕独而不予听（thyeng）？（耕部）

（二）

①

依前圣以节中兮，喟凭心而历兹（tziə）。
济沅、湘以南征兮，就重华而陈词（ziə）。（之部）
启《九辩》与《九歌》兮，夏康娱以自纵（tziong）。
不顾难以图后兮，五子用失乎家巷（heong）。（东部）
羿淫游以佚畋兮，又好射夫封狐（hua）。
固乱流其鲜终兮，浞又贪夫厥家（kea）。（鱼部）
浇身被服强圉兮，纵欲而不忍（njiən）。
日康娱而自忘兮，厥首用夫颠陨（hyuən）。（文部）
夏桀之常违兮，乃遂焉而逢殃（iang）。
后辛之菹醢兮，殷宗用之不长（diang）。（阳部）

②

汤禹俨而祗敬兮，周论道而莫差（tsheai）。
举贤（才）而授能兮，循绳墨而不颇（phai）。（歌部）
皇天无私阿兮，览民德焉错辅（biua）。
夫维圣哲以茂行兮，苟得用此下土（tha）。（鱼部）

③

瞻前而顾后兮，相观民之计极（giək）。
夫孰非义而可用兮，孰非善而可服（biuək）？（职部）
阽余身而危死兮，览余初其犹未悔（xuə）。

不量凿而正枘兮（bù liáng záo ér zhèng ruì xī），固前修以菹醢（gù qián xiū yǐ zū huǐ）（xə）。（之部）
曾歔欷余郁邑兮（zēng xū xī yú yù yì xī），哀朕时之不当（āi zhèn shí zhī bú dāng）（tang）。
揽茹蕙以掩涕兮（lǎn rú huì yǐ yǎn tì xī），沾余襟之浪浪（zhān yú jīn zhī láng láng）（lang）。（阳部）

（三）

①

跪敷衽以陈辞兮（guì fū rèn yǐ chén cí xī），耿吾既得此中正（gěng wú jì dé cǐ zhōngzhèng）（tjieng）。
驷玉虬以乘鹥兮（sì yù qiú yǐ chéng yì xī），溘埃风余上征（kè āi fēng yú shàngzhēng）（tjieng）。（耕部）
朝发轫于苍梧兮（zhāo fā rèn yú cāng wú xī），夕余至乎县圃（xī yú zhì hū xuán pǔ）（puɑ）。
欲少留此灵琐兮（yù shǎo liú cǐ líng suǒ xī），日忽忽其将暮（rì hū hū qí jiāng mù）（mak）。（鱼铎通韵）
吾令羲和弭节兮（wú lìng xī hé mǐ jié xī），望崦嵫而勿迫（wàng yān zī ér wù pò）（peak）。
路曼曼其修远兮（lù màn màn qí xiū yuǎn xī），吾将上下而求索（wú jiāng shàng xià ér qiú suǒ）（sak）。（铎部）
饮余马于咸池兮（yìn yú mǎ yú xián chí xī），总余辔乎扶桑（zǒng yú pèi hū fú sāng）（sang）。
折若木以拂日兮（zhé ruò mù yǐ fú rì xī），聊逍遥以相羊（liáo xiāo yáo yǐ xiāng yáng）（jiang）。（阳部）
前望舒使先驱兮（qián wàng shū shǐ xiān qū xī），后飞廉使奔属（hòu fēi lián shǐ bēn zhǔ）（tjiok）。
鸾皇为余先戒兮（luán huáng wèi yú xiān jiè xī），雷师告余以未具（léi shī gào yú yǐ wèi jù）（gio）。（屋侯通韵）
吾令凤鸟飞腾兮（wú lìng fèng niǎo fēi téng xī），继之以日夜（jì zhī yǐ rì yè）（jyak）。
飘风屯其相离兮（piāo fēng tún qí xiāng lí xī），帅云霓而来御（shuài yún ní ér lái yà）（ngiak）。（铎部）

②

纷总总其离合兮（fēn zǒng zǒng qí lí hé xī），斑陆离其上下（bān lù luó qí shàng xià）（hea）。
吾令帝阍开关兮（wú lìng dì hūn kāi guān xī），倚阊阖而望予（yǐ chāng hé ér wàng yú）（jia）。（鱼部）
时暧暧其将罢兮（shí ài ài qí jiāng bà xī），结幽兰而延伫（jié yōu lán ér yán zhù）（dia）。
世溷浊而不分兮（shì hùn zhuó ér bù fēn xī），好蔽美而嫉妒（hào bì měi ér jí dù）（tak）。（鱼铎通韵）

③

<small>zhāo wú jiāng jì yú bái shuǐ xī　　dēng lǎng fēng ér xiè mǎ</small>
朝吾将济于白水兮，登阆风而绁马（mea）。

<small>hū fǎn gù yǐ liú tì xī　　āi gāo qiū zhī wú nǚ</small>
忽反顾以流涕兮，哀高丘之无女（nia）。（鱼部）

<small>kè wú yóu cǐ chūn gōng xī　　zhé qióng zhī yǐ jì pèi</small>
溘吾游此春宫兮，折琼枝以继佩（buə）。

<small>jí róng huā zhī wèi luò xī　　xiàng xià nǚ zhī kě yí</small>
及荣华之未落兮，相下女之可诒（jiə）。（之部）

<small>wú lìng fēng lóng chéng yún xī　　qiú fú fēi zhī suǒ zài</small>
吾令丰隆乘云兮，求宓妃之所在（dzə）。

<small>jiě pèi xiāng yǐ jié yán xī　　wú lìng jiǎn xiū yǐ wéi lǐ</small>
解佩纕以结言兮，吾令蹇修以为理（lia）。（之部）

<small>fēn zǒng zǒng qí lí hé xī　　hū wěi huà qí nán qiān</small>
纷总总其离合兮，忽纬繣其难迁（tsian）。

<small>xī guī cì yú qióng shí xī　　zhāo zhuó fà hū wěi pán</small>
夕归次于穷石兮，朝濯发乎洧盘（buan）。（元部）

<small>bǎo jué měi yǐ jiāo ào xī　　rì kāng yú yǐ yín yóu</small>
保厥美以骄傲兮，日康娱以淫游（jiu）。

<small>suī xìn měi ér wú lǐ xī　　lái wéi qì ér gǎi qiú</small>
虽信美而无礼兮，来违弃而改求（giu）。（幽部）

<small>lǎn xiàng guān yú sì jí xī　　zhōu liú hū tiān yú nǎi hù</small>
览相观于四极兮，周流乎天余乃下（hea）。

<small>wàng yáo tái zhī yǎn jiǎn xī　　jiàn yǒu sōng zhī yì nǚ</small>
望瑶台之偃蹇兮，见有娀之佚女（nia）。（鱼部）

<small>wú lìng zhèn wèi méi xī　　zhèn gào yú yǐ bù hǎo</small>
吾令鸩为媒兮，鸩告余以不好（xu）。

<small>xióng jiū zhī míng shì xī　　yú yóu wù qí tiāo qiǎo</small>
雄鸠之鸣逝兮，余犹恶其佻巧（kheu）。（幽部）

<small>xīn yóu yù ér hú yí xī　　yù zì shì ér bù kě</small>
心犹豫而狐疑兮，欲自适而不可（khai）。

<small>fèng huáng jì shòu yí xī　　kǒng gāo xīn zhī xiān wǒ</small>
凤皇既受诒兮，恐高辛之先我（ngai）。（歌部）

<small>yù yuǎn jí ér wú suǒ zhǐ xī　　liáo fú yóu yǐ xiāo yáo</small>
欲远集而无所止兮，聊浮游以逍遥（jiô）。

<small>jí shào kāng zhī wèi jiā xī　　liú yǒu yú zhī èr yáo</small>
及少康之未家兮，留有虞之二姚（jiô）。（宵部）

<small>lǐ ruò ér méi zhuō xī　　kǒng dǎo yán zhī bú gù</small>
理弱而媒拙兮，恐导言之不固（ka）。

<small>shì hùn zhuó ér jí xián xī　　hào bì měi ér chēng wù</small>
世溷浊而嫉贤兮，好蔽美而称恶（ak）。（鱼铎通韵）

<small>guī zhōng jì yǐ suì yuǎn xī　　zhé wáng yòu bú wù</small>
闺中既以邃远兮，哲王又不寤（nga）。

<small>huái zhèn qíng ér bù fā xī　　yú yān néng rěn yǔ cǐ zhōng gù</small>
怀朕情而不发兮，余焉能忍与此终古（ka）！（鱼部）

第三章

（一）

索藑茅以筳篿兮，命灵氛为余占之（tjiə）。
曰两美其必合兮，孰信修而慕之（tjiə）？（之部）
思九州之博大兮，岂唯是其有女（nia）？
曰勉远逝而无狐疑兮，孰求美而释女（njia）？（鱼部）
何所独无芳草兮，尔何怀乎故宇（hiua）？
世幽昧以眩曜兮，孰云察余之善恶（ak）？（鱼铎通韵）
民好恶其不同兮，惟此党人其独异（jiək）。
户服艾以盈要兮，谓幽兰其不可佩（buə）。（职之通韵）
览察草木其犹未得兮，岂珵美之能当（tang）？
苏粪壤以充帏兮，谓申椒其不芳（phiuang）。（阳部）

（二）

欲从灵氛之吉占兮，心犹豫而狐疑（ngiə）。
巫咸将夕降兮，怀椒糈而要之（tjiə）。（之部）
百神翳其备降兮，九疑缤其并迎（ngyang）。
皇剡剡其扬灵兮，告余以吉故（ka）。（阳鱼通韵）
曰勉陞降以上下兮，求矩矱之所同（dong）。
汤、禹严而求合兮，挚、咎繇而能调（dyu）。（东幽合韵）
苟中情其好修兮，又何必用夫行媒（muə）。
说操筑于傅岩兮，武丁用而不疑（ngiə）。（之部）
吕望之鼓刀兮，遭周文而得举（kia）。

宁戚之讴歌兮，齐桓闻以该辅（biua）。（鱼部）
及年岁之未晏兮，时亦犹其未央（iang）。
恐鹈鴂之先鸣兮，使夫百草为之不芳（phiuang）。（阳部）
何琼佩之偃蹇兮，众薆然而蔽（piat）之。
惟此党人之不谅兮，恐嫉妒而折（tjiat）之。（月部）
时缤纷其变易兮，又何可以淹留（liu）？
兰芷变而不芳兮，荃蕙化而为茅（meu）。（幽部）

（三）

何昔日之芳草兮，今直为此萧艾（ngat）也？
岂其有他故兮，莫好修之害（hat）也。（月部）
余以兰为可恃兮，羌无实而容长（diang）。
委厥美以从俗兮，苟得列乎众芳（phiuang）。（阳部）
椒专佞以慢慆兮，榝又欲充夫佩帏（hiuəi）。
既干进而务入兮，又何芳之能祗（tjiei）？（微脂合韵）
固时俗之流从兮，又孰能无变化（xoai）？
览椒兰其若兹兮，又况揭车与江离（liai）。（歌部）
惟兹佩之可贵兮，委厥美而历兹。
芳菲菲而难亏兮，芬至今犹未沫。（无韵）
和调度以自娱兮，聊浮游而求女（nia）。
及余饰之方壮兮，周流观乎上下（hea）。（鱼部）

（四）

灵氛既告余以吉占兮，历吉日乎吾将行（heang）。

折琼枝以为羞兮，精琼靡以为粻（tiang）。（阳部）
为余驾飞龙兮，杂瑶象以为车（kia）。
何离心之可同兮，吾将远逝以自疏（shia）。（鱼部）
邅吾道夫昆仑兮，路修远以周流（liu）。
扬云霓之晻蔼兮，鸣玉鸾之啾啾（tziu）。（幽部）
朝发轫于天津兮，夕余至乎西极（giək）。
凤皇翼其承旂兮，高翱翔之翼翼（jiək）。（职部）
忽吾行此流沙兮，遵赤水而容与（jia）。
麾蛟龙使梁津兮，诏西皇使涉予（jia）。（鱼部）
路修远以多艰兮，腾众车使径待（də）。
路不周以左转兮，指西海以为期（giə）。（之部）
屯余车其千乘兮，齐玉轪而并驰（diai）。
驾八龙之婉婉兮，载云旗之委蛇（jiai）。（歌部）
抑志而弭节兮，神高驰之邈邈（meôk）。
奏《九歌》而舞《韶》兮，聊假日以媮乐（lôk）。（药部）
陟陞皇之赫戏兮，忽临睨夫旧乡（xiang）。
仆夫悲余马怀兮，蜷局顾而不行（heang）。（阳部）

尾 声

乱曰：已矣哉！
国无人莫我知兮，又何怀乎故都（ta）？
既莫足与为美政兮，吾将从彭咸之所居（kia）。（鱼部）

《离骚》首词提示背诵

思维导图提示

第一章：帝高阳之苗裔兮……岂余心之可惩（共 130 句）

（一）

① 帝高阳……朕皇考……摄提贞……惟庚寅……皇览揆……肇锡余……名余曰……字余曰……

② 纷吾既有……又重之……扈江离……纫秋兰……汨余……恐年岁……朝搴……夕揽……日月……春与……惟草木……恐美人……不抚壮……何不……乘骐骥……来吾……

（二）

① 昔三后……固众芳……杂申椒……岂维……彼尧舜……既遵道……何桀纣……夫唯……惟夫党人……路幽昧……岂余身……恐皇舆……

② 忽奔走……及前王……荃不……反信……余固知……忍而……指九天……夫唯……初既……后悔遁……余既……伤灵修……

（三）

① 余既滋兰……又树……畦留夷……杂杜衡……冀枝叶……愿……虽萎绝……哀众芳……众皆……凭不……羌内恕己……各兴心……忽驰骛……非余心……老冉冉……恐修名……

② 朝饮木兰……夕餐……苟余情……长顑颔……揽木根……贯薜荔……矫菌桂……索胡绳……謇吾……非世俗……虽不周于……

愿依彭咸……

（四）

长太息……哀民……余虽好……謇朝谇……既替余……又申之……亦余心……虽九死……怨灵修……终不……众女嫉余……谣诼谓……固时俗……偭规矩……背绳墨……竞周容……忳郁邑……吾独……宁溘死……余不忍……鸷鸟……自前世……何方圜……夫孰异道……屈心……忍尤……伏清白……固前圣……

（五）

悔相道……延伫乎……回朕车……及行迷……步余马……驰椒丘……进不入……退将……制芰荷……集芙蓉……不吾知……苟余情……高余冠……长余佩……芳与泽……唯昭质……忽反顾……将往……佩缤纷……芳菲菲……民生各……余独好……虽体解……岂余心……

第二章：女嬃之婵媛兮……余焉能忍与此终古（共128句）

（一）

女嬃……申申……曰鲧……终然……汝何……纷独……薋菉葹……判独离……众不可……孰云……世并举……夫何茕独……

（二）

① 依前圣……喟凭心……济沅、湘……就重华……启《九辩》……夏康娱……不顾……五子……羿……又好……固乱流……浞……浇身……纵欲……日康娱……厥首……夏桀……乃遂焉……后辛……殷宗……

② 汤禹……周论道……举贤……循绳墨……皇天……览……夫维圣哲……苟得……

③ 瞻前……相观……夫孰非义……孰非善……貤余身……览余初……不量凿……固前修……曾歔欷……哀朕……揽茹蕙……沾余襟……

(三)

① 跪敷衽……耿吾……驷玉虬……溘埃风……朝发轫……夕余……欲少留……日忽忽……吾令羲……望崦嵫……路曼曼……吾将上下……饮余马……总余……折若木……聊逍遥……前望舒……后飞廉……鸾皇……雷师……吾令……继之……飘风……帅云霓……

② 纷总总……斑陆离……吾令帝阍……倚阊阖……时暧暧……结幽兰……世溷浊……好蔽美……

③ 朝吾将……登阆风……忽反顾……哀高丘……溘吾游此……折琼枝……及荣华……相下女……吾令丰隆……求宓妃……解佩纕……吾令蹇修……纷总总……忽纬繣……夕归……朝濯……保厥美……日康娱……虽信美……来违弃……览相观于……周流乎天……望瑶台之……见有娀之……吾令鸩……鸩告余……雄鸠……余犹……心犹豫……欲自适……凤皇……恐高辛……欲远集……聊浮游……及少康之……留有虞……理弱……恐导言……世溷浊……好蔽美……闺中……哲王……怀朕情……余焉能忍……

第三章：索藑茅以筳篿兮……蜷局顾而不行（共 112 句）

(一)

索藑茅……命灵氛……曰两美……孰信修……思九州……岂唯是……曰勉远逝……孰求美……何所独……尔何……世幽昧……孰云察余……民好恶……惟此党人……户服艾……谓幽兰……览

察草木……岂珵美……苏粪壤……谓申椒……

（二）

欲从灵氛……心犹豫……巫咸……怀椒糈……百神……九疑……皇剡剡……告余……曰勉陞降……求矩矱……汤、禹严……苟中情……又何……说操……武丁……吕望……遭周文……甯戚……齐桓……及年岁……时亦犹……恐鹈鴃……使夫百草……何琼佩……众薆然……惟此党人……恐嫉妒……时缤纷……又何可……兰芷变……荃蕙化……

（三）

何昔日……直为此……岂其有……莫好修……余以兰……羌无实……委厥美……苟得……椒专佞……樧……既干进……又何芳……固时俗……又孰能……览椒兰……又况揭车……惟兹委厥美……芳菲菲……芬至今……和调度……聊浮游……及余饰……周流观乎……

（四）

灵氛既告……历吉日……折琼枝……精琼爢……为余驾……杂瑶象……何离心……将远逝……遭吾……路修远……扬云霓……鸣玉鸾……朝发轫……夕余……凤皇……高翱翔……忽吾……遵赤水……麾蛟龙……诏西皇……路修远……腾众车……路不周……指西海……屯余车……齐玉轪……驾八龙……载云旗……抑志……神高驰……奏《九歌》……聊假日……陟陞皇……忽临……仆夫悲余……蜷局顾……

尾声：乱曰……吾将从彭咸之所居（共6句）

乱曰：已……国无人……又何……既莫足……吾将……

参考文献

1. 〔西汉〕司马迁；陈曦，周旻等注；陈曦，王珏，王晓东，周旻译 . 史记 [M]. 中华书局，2022.9.
2. 〔南朝宋〕刘义庆著；〔南朝梁〕刘孝标注；余嘉锡笺疏 . 世说新语笺疏 [M].2 版 . 中华书局，2007.10.
3. 〔南朝梁〕刘勰著；詹锳义证 . 文心雕龙义证（全三册）[M]. 上海古籍出版社，1989.8.
4. 〔宋〕洪兴祖撰 . 楚辞补注 [M]. 中华书局，1983.3.
5. 〔宋〕朱熹撰；黄灵庚点校 . 楚辞集注 [M]. 上海古籍出版社，2022.10.
6. 〔明〕汪瑗集解，〔明〕汪仲弘补辑，熊良智、肖娇娇、牟歆点校 . 楚辞集解 [M]. 上海古籍出版社，2017.12.
7. 〔清〕戴震撰；孙晓磊点校 . 屈原赋注 [M]. 上海古籍出版社，2018.11.
8. 王力著 . 诗经韵读·楚辞韵读 [M]. 中国人民大学出版社，2012.4.
9. 周啸天主编 . 诗经楚辞鉴赏辞典 [M]. 商务印书馆国际有限公司，2012.1（2019.9 重印）.
10. 邓启铜，诸泉注释 . 楚辞 [M]. 南京大学出版社，2014.1（2022.8 重印）.
11. 林家骊译注 . 楚辞 [M].2 版 . 中华书局，2015.1（2018.5 重印）.
12. 上海辞书出版社文学鉴赏辞典编纂中心编 . 先秦诗鉴赏辞典：新一版 [M]. 上海辞书出版社，2016.10（2022.3 重印）.
13. 汤炳正等注 . 楚辞今注 [M]. 上海古籍出版社，2019.3（2022.10 重印）.